별을 쫓는
소년들

WITH TOMORROW X TOGETHER

별을 쫓는 소년들

WITH TOMORROW X TOGETHER

별을 쫓는 소년들

WITH TOMORROW X TOGETHER

별을 쫓는
소년들

WITH TOMORROW X TOGETHER

별을 쫓는 소년들

WITH TOMORROW X TOGETHER

별을 쫓는 소년들
WITH TOMORROW X TOGETHER

별을 쫓는 소년들

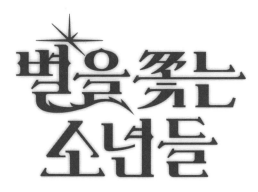

WITH TOMORROW X TOGETHER

기획/제작
HYBE

공동기획
WEBTOON

별을 쫓는 소년들

WITH TOMORROW X TOGETHER

2

WEBNOVEL

학산문화사

별을 쫓는 소년들

WITH TOMORROW X TOGETHER

차례

제 12 화

각자의 능력

"좋아."

타호가 먼저 반응을 보이더니, 갑자기 벌떡 일어나 엄지와 검지를 튕겼다.

딱!

그러자, 믿을 수 없는 일이 벌어졌다.

연습실 천장이 까맣게 변하더니 새하얀 별빛으로 뒤덮였다. 찬란한 빛들이 하나둘씩 눈송이처럼 떨어졌다. 솔이 자기도 모르게 손을 내밀자, 작은 빛들이 흔들거리다가 둥글게 원을 그리며 회전했다. 저들만의 소우주를 만드는 듯 맴돌다가 공중으로 화악 퍼졌다.

타호는 빙긋 웃더니 다시 손가락을 튕겼다. 그러자 연습실 바닥이 갑자기 바다로 변해 파도가 넘실거렸다. 유진은 허상이라는 걸 알면서도 자신도 모르게 바닷물 속에 손을 넣었다. 감촉은 느껴지지 않았지만, 물결이 손의 움직임에 따라 움직였다. 순간, 은빛 물고기가 튀어 올라 손에 부딪혔다가 멀리 헤엄쳐 갔다.

"타호, 너 이런 것까지 할 수 있었어?"

"더, 더 해봐."

솔과 유진이 채근하듯 말하자, 타호는 기다렸다는 듯 천장을 향해 손을 한 바퀴 돌렸다. 까맣던 밤하늘에는 어느새 붉은 노을이 지고 있었다.

해가 점점 기울며 연습실 거울의 지평선 너머로 사라져 갔다. 아비스가 발아래를 내려다보자, 우뚝 선 그림자가 누우며 길어져 갔다. 멤버들이 넋을 잃고 그 광경을 바라보고 있을 때 타호는 다시 손가락을 맞부딪쳤다. 그러자 환상의 세계는 곧 온데간데없이 사라지고 원래의 연습실로 돌아왔다.

"으윽……!"

타호가 갑자기 손바닥으로 왼쪽 눈을 내리누른 채 허리를 굽혔다. 솔이 깜짝 놀라 다가와 물었다.

"왜 그래, 괜찮아? 좀 보자."

솔은 타호의 팔을 내려 눈을 바라보았다. 타호의 눈동자가 아까 전 보았던 노을처럼 붉게 타오르고 있었다.

"응, 괜찮은 거 같아."

불빛처럼 일렁이는 눈동자 외에는 별다른 특이점이 없었다. 솔이 붙잡고 있던 팔을 놓아 주자 타호는 잠시간 눈가에 손을 얹고 있었다. 순식간에 온 통증은 순식간에 사라졌다. 타호가 손을 툭 떨구고 앉아 숨을 골랐다.

"후. 마법을 격하게 사용하면 고통이 따라오나 봐."

아파하는 타호를 위로하듯, 아비스가 날려 보낸 새 한 마리가 어깨에 다가와 앉았다. 타호가 새의 머리께를 쓰다듬어주자 포롱거리며 고개를 갸웃거렸다.

그 모습을 지켜보던 아비스는 저도 날개를 파닥거리며 말했다.

"우리 각자 모습이 변한 것도 마법을 많이 써서 그런가?"

비켄은 어깨에 삐죽 솟은 가시를 콕콕 찌르며 대답했다.

"아프지 않을 만큼만, 무리해서 쓰지 않으면 되지 않을까?"

"난 한계까지 시험해 볼 거야."

유진은 허공에 주먹을 날렸다. 바람 소리가 훽 들렸다.

"다른 누구도 따라올 수 없을 만큼 독보적으로 강해지고 싶어."

유진의 말에 타호도 짐짓 고개를 끄덕이며 마법으로 유진의 주먹 앞에 풍선 모양의 형체를 띄워 주었다. 유진이 빠르게 팔을 휘둘러 내려앉는 풍선을 터트리자 펑 소리를 내며 공중에서 사라졌다. 타호가 마지막으로 거대한 풍선을 유진의 머리 위로 띄우자, 유진은 바로 뛰어올라 몸을 한 바퀴 휘돌려 날아 찼다. 풍선이 터지자 꽃잎이 날리는 환영이 보이더니, 흩날리던 꽃잎은 모두 사라졌다.

"이렇게 몸이 가볍고 뭐든 할 수 있을 것 같은 기분이 드는데 어떻게 안 써."

솔은 멤버들이 아플까 봐 조금 걱정됐지만, 생각을 가다듬고 말을 꺼냈다.

"우리, 무대에서뿐만 아니라, 몸을 지키기 위해서 마법을 단련하는 건 어떨까?"

"……맞네. 누군가 우릴 또 납치하려 한다면, 난 몸이 부서지더라도 이 힘을 폭발시킬 거야."

유진의 무거운 말에 멤버들은 모두 마른침을 삼키며 눈을 떨구었다.

솔은 분위기를 환기하기 위해 방긋 웃곤 타호에게 어깨동무하며 말했다.

"그래도 우리 가능성이 이만큼이나 큰 걸 알았잖아! 우선 팬분들께 어떻게 강화된 마법을 선보일지부터 고민해보자. 아까 네 마법, 장난 아니었어."

무대에 설 기회조차 귀했던 과거를 생각하면, 이런 환상적인 마법을 선보일 수 있다는 것 자체만으로도 마냥 행복했다. 잠시 몸이 아픈 것 따위는 충분히 감내할 수 있었다.

솔이 잠시 거울에 비친 뾰족한 귀를 바라볼 때, 언제 다가왔는지 아비스의 새가 어깨에 앉았다. 곧이어 날아간 새는 유진의 뿔 위에도 앉았다. 나뭇가지로 착각한 듯 뿔을 쪼는 모습에 멤버들이 소리 내어 웃었다. 타호는 유독 빵 터져, 눈물 고인 눈을 소매로 훔친 뒤 말했다.

"아비스의 새는 정말 특별한 것 같아. 손에서 불을 내거나 빛으로 하트를 그리고, 높이 뛰어오르는 정도의 캔트립을 하는 그룹은 많아도 소환수를 부리는 건 못 봤어."

유진의 뿔 위에 옹기종기 앉아 있던 새들은 아비스의 휘파람 한 번에 그에게로 다시 날아들었다. 각양각색의 새들은 주위에서 찾아볼 수 있는 생김새는 아니었다. 아비스는 새들에게 가볍게 명령했다.

"공중에서 하트를 그려줘."

새들은 아비스의 말에 따라 공중에서 하트를 그렸다가 흩어졌다.

"아비스, 얘네랑 말도 통해?"

솔이 묻자 아비스는 고개를 저었다.

"대화는 안 되는데, 내가 의지를 갖고 말하면 따라주는 것 같아."

멤버들 모두 동의한다는 듯 차례로 고개를 끄덕였다. 계속해서 무대에 관한 아이디어를 나누던 중, 솔이 마법을 발현할 때 한 번 조심하라며 주의를 준 이후로는 멀리 앉아 조용히 지켜보고만 있던 매니저 DK가 이제 그만하면 됐다는 듯 끼어들었다.

"애들아. 호텔 가자. 자야지. 벌써 밤이다."

"숙소는 안 돼요?"

비켄이 아쉬운 듯 묻자, 매니저 DK는 고개를 내저으며 말했다.

"아직도 기자들이 진을 쳤대. 더 지나 봐야 알 거 같다."

졸지에 계속 떠돌이 신세였다. 스타원은 자리에서 일어났다.

"그래도 스케줄은 풀렸어. 내일부터 슬슬 나간다."

"아, 아쉽다."

비켄은 아쉬움에 신음을 내뱉었다.

"형, 스케줄 몇 개 있어요?"

"잔뜩 잡혔어."

"아, 쉴 때 제대로 쉬어야 했는데!"

비켄은 비적비적 일어나다가 깨달았다.

"어? 내 어깨, 원래대로 돌아왔어."

"어라?"

비켄의 말에 다들 동시에 거울을 바라보았다. 모두 변했던 외양이 돌아와 있었다. 마법을 쓰지 않은 채로 있으면 다시 원래대로 돌아오는 듯했다.

"……무대에서 마법 쓸 때 갑자기 모습이 변하면 어쩌지?"

"뭐, 변신 마법이라고 둘러대면 되지."

비켄이 갸웃거리며 작게 혼잣말하자, 유진이 별일 아니라는 듯 대꾸했다.

매니저 DK는 소년들을 돌아보며 말했다.

"얘들아. 일단 물건 잘 챙기고 가자. 조심, 또 조심!"

열심히 연습한 덕분일까. 이에 호응하듯 멤버들의 마법 실력은 점점 늘어갔다. 화려한 무대 구성에 스타원의 연관 검색어가 '습격', '납치'에서 '스타원 무대'로 변했다. 무대 영상이 뜨면 단숨에 인기 동영상으로 올라갔다.

"으아아, 지친다."

"비켄아, 나 울트라 빔 좀."

"오케이. 줄을 서세요."

"예, 비켄 님."

무대를 마친 뒤 연습실에 돌아온 멤버들은 춤 연습을 위해 안무 선생님을 기다리고 있었다. 막간을 이용해 멤버들이 비켄 앞에 쪼르륵 서자, 비켄은 '울트라 빔!'을 외치며 멤버들의 노곤한 몸을 치유해주었다. 따스한 빛이 몸속으로 충분히 스며들자, 터질 것 같던 허벅지와 결리던 어깨가 모두 순식간에 부드러워졌다.

멤버들은 고맙다며 제각기 주머니 속에서 사탕 몇 알, 귤, 건강즙 따위를 비켄의 주머니에 꼭꼭 넣어주었다.

비켄은 마지막으로 자신의 팔에 빛을 넣은 뒤, 터질 듯한 주머니에서 귤을 한 알 꺼내 까 먹기 시작했다. 유진이 제자리에서 가볍게 뛰며 물었다.

"우리 다음 앨범 작업도 바로 들어간다고 했지?"

"에휴, 쉴 틈이 없네."

비켄이 우물거리며 말했다.

솔은 방긋 웃으며 말했다.

"난 바로 또 준비해서 좋은데. 공백 없이 아이온과 만날 수 있잖아."

"하긴 맞아. 지금 흐름을 잘 탔어. 아비스의 작고 귀여운 환수들 덕에 반응이 좋아."

유진도 호응해 주자, 아비스가 기분 좋은 듯 손을 올리며 환하게 웃었다. 타호가 아비스를 향해 물었다.

"그런데 아비스, 작은 애들밖에 소환 못 해? 막 전설 속 환수들처럼 힘 세 보이는 건 안 되는 거야?"

아비스는 고개를 갸웃거렸다.

"그 정도까지는 생각 못 해봤는데, 더 강해진다면 언젠가 가능하지 않을까?"

"오, 동물이 아니라 다른 게 소환되면 멋있겠다. 예를 들면, 천사 같은 거?"

"수호천사? 그거 멋있네."

잡담은 계속 이어졌다. 솔은 뾰족하게 변했던 귀를 한번 쓸어 보았다. 엘프의 그것처럼 변했던 귀는 그 이후로는 한 번도 변한 적이 없었다. 다른 멤버들도 마찬가지로, 각기 모습이 변했던 일이 환상이었던 듯 다시 변하지 않았다.

하지만 무대에서 격하게 마법을 쓸 때면 모습이 변했던 부위에 이따금 통증이 찾아왔다. 크게 아프진 않았고, 기뻐하는 팬들의 함성을 느끼면 씻기듯 사라지긴 했지만.

이렇게 점점 한계를 깨나가서일까, 모두들 처음과는 비교할 수 없을 정도로 각자 가진 능력이 강해지고 있었다.

주위를 둘러보던 타호는 잡담을 끊고 소곤거리며 말했다.

"내가 마법서 연구해본다고 했지? 아직 확실하진 않지만, 이제까지 알아본 걸 한번 말해보려고."

제각기 흩어져 대화하던 멤버들은 타호의 말에 후다닥 달려가 모여 앉았다. 타호는 몇 주간 계속 품에 들고 다니던 마법서를 꺼내 보였다.

제 13 화

마법서

"우리, 갑자기 왜 능력이 생겼을까?"

마법이 없던 스타원에게 갑자기 찾아온 기적과도 같은 마법.

솔은 불꽃을 만들어내고, 형상을 이뤄 불 화살처럼 사용할 수도 있었다. 유진은 근육의 순간적인 폭발력이 강해져 무대 위에서 높게 점프하는 등 신체를 자유자재로 쓰게 되었다.

비켄은 보기만 해도 따스해지는 빛을 내어 멤버들의 아픈 곳이나 상처를 치료해주곤 했고, 아비스는 각양각색의 처음 보는 새, 동물들을 소환하여 원하는 대로 명령을 내릴 수 있었다. 타호는 시공간을 뒤바꾸며 환상을 보게 할 수 있었다. 몇 번 연습해보더니 주변에 바람을 일으키거나, 마치 바다에 들어와 있는 것처럼 땅에 파도를 치게 할 수도 있었다.

듣기만 해도 신비로운 각자의 능력은 어째서 선물처럼 찾아온 것일까.

비켄의 의문은 멤버들뿐 아니라 전 세계가 궁금해하는 내용이었다. 다들 기대감에 초롱초롱한 눈빛으로 타호를 바라보자, 헛기침하며 말을 이었다.

"이 책 알지? 그때 점술사가 준 거. 자세히 읽어보고 깨달았어. 이건 기적이야!"

타호는 책 표지를 쓰다듬었다. 어쩨 눈물이라도 흘릴 거 같았다.

"그래서 마법은 어떻게 쓰게 된 거야?"

비켄이 더는 참기 힘들다는 듯 바짝 다가오며 물었다.

"우리 안에 마법 종족의 유전자가 내재해 있었다면, 지구가 중첩되는 순간 뒤섞여서 발현된다고 하더라."

"유전자만 있으면 다 발현되는 건가?"

"잠깐, 구절을 읽어줄게. '진정한 마력은 희생된 영혼, 잊힌 순수함, 영혼의 기울임으로 다가온다'라는데?"

영 이해하기 힘든 단어들에 솔이 미간을 찌푸리며 말했다.

"어렵다. 그럼 우리가 다른 사람들보다 마법을 훨씬 잘 쓰는 이유는 뭐야?"

“그, 그건 나도 잘…….”

타호가 얼버무리자 비켄이 어깨를 늘어뜨리며 실망한 듯 말했다.

“에이, 뭐야. 별거 없네?”

타호는 불신의 눈빛에 급히 변명하며 마법서를 좌라락 펼쳐 보였다.

“아니, 이 책에는 설명보다 알아보기 힘든 어려운 상징들이 더 많아서 내가 해독하기는 어려워! 이거 봐. 게다가 마지막 페이지는 뜯겨 있어.”

타호가 들이민 마법서의 낱장, 낱장에는 의미를 알아보기 어려운 기하학적인 삽화가 그려져 있었다. 확실히 마지막 장이 거칠게 뜯겨 있었다.

“이 페이지에 해답이 있을 거 같아. 앞 그림들의 비유와 상징도 여기에 해답이 있을 거 같은데, 그게 없어서 문제야.”

타호는 답답한 듯 한숨을 토해냈다.

“아니, 도대체 존재의 본질과 인도자가 뭐냐고! 순수한 마력은 또 뭐야!”

매우 알 수 없는 말이긴 했다. 비켄은 고개를 갸웃거리며 물었다.

"그 책, 우리랑 상관있는 거 맞아?"

"모르겠지만, 가장 가까운 것 같아. 조금이라도 희망을 걸어 봐야지."

타호는 책을 살포시 내려놓으며 말을 이었다.

"마지막 장이 너무 궁금해서 다시 이 책을 준 점술관을 찾아가 보려고 했는데……, 닫았더라고."

점술관이라.

솔은 슬쩍 뒤를 돌아보았다. 시선의 끝에는 매니저 DK가 있었다. 괴한을 퇴치한 매니저라면 왠지 이 책의 비밀에 대해서도 알고 있을 듯했다.

하지만 솔은 묻지 않았다. 그때처럼 매니저는 아무 말도 하지 않을 터였다.

솔은 주머니 속에 든 주사위를 만지작거리며 여느 때처럼 따스한 온기를 느꼈다. 위안이 되었지만, 해답을 주지는 않았다. 유진은 타호의 마법서를 뒤적거리며 구절을 읊었다.

"'인류의 구원은 해가 될 것이요, 검은 물이 용솟음치면 약속의 때가 다가온다'? 이건 무슨 뜻이지?"

타호는 마른세수하며 대답했다.

"해설은 안 나와 있어. 마지막 장에 있지 않을까 싶어."

솔이 이어 말했다.

“그런데 검은 물 하니까 나 생각나는 건 있어.”

“뭔데?”

“블랙 워터. 그것 때문에 전 매니저 형도 관뒀잖아.”

순간, 멤버들은 할 말을 잃었다. 검은 물이 블랙 워터라고 생각하면 마법서는 섬뜩해졌다.

“블랙 워터가 인류에게 해가 된다는 건가?”

“블랙 워터 덕분에 전기료도 반값이고, 환경오염도 막았다고 TV에서 떠들던데.”

유진이 묻자 아비스가 어깨를 으쓱이며 말했다. 잠깐의 공백 후, 곰곰이 생각하던 유진이 재차 말했다.

“그건 그렇고, ‘약속의 때’는 뭐야?”

“왠지 어감이 별로네…… 으스스하다.”

멤버들 머리 위에 뜬 물음표는 산더미 같았지만, 대답을 해줄 수 있는 이는 없었다. 한차례 질문을 쏟아내던 멤버들 사이에 침묵이 가라앉자, 문이 열리며 인기척이 들렸다. 시선이 일제히 그곳으로 꽂혔다. 춤 연습을 함께하기 위한 안무 선생님이었다.

“미안. 늦었지? 시안 컨펌이 늦게 됐어.”

"휴, 연습 시작하죠. 얘들아, 일어나자."

유진의 말에 다들 털고 일어나 연습실 거울 앞에 각자 자리를 잡고 섰다. 안무 선생님이 한 동작 한 동작 천천히 가르쳐 주었지만, 모두들 오늘따라 쉬이 집중하지 못하는 듯했다. 칼각을 유지하던 유진도, 부드러운 춤선을 지닌 아비스도 유독 실수가 잦았다. 솔도 머릿속이 무거운 탓인지 더욱 피곤한 몸을 이끌고 안무 연습에 최선을 다했지만 효율이 나지 않았다.

"너희 오늘 무슨 일 있니? 잠깐 쉬었다 하자. 좀 자든지."

세 시간 정도 쉬지 않고 연습을 했는데도 영 안무를 따라가지 못하자 안무 선생님이 휴식시간을 주었다. 멤버들은 굵은 땀방울을 흘리며 연습실 바닥에 앉아 생수로 목을 축였다. 솔도 물 한 모금으로 마른 목을 적시고, 바닥에 아무렇게나 누웠다. 천장에 달린 조명에 눈이 부셨다.

솔은 눈을 깜빡였다. 하지만 뭔가가 시야를 방해하는 듯 초점이 흐릿했다. 흐린 시야 사이로 언뜻 무너진 조명들이 보였다. 솔은 중심을 잡기 힘들어 비틀거리며 벽을 더듬었다.

팔에 힘을 주며 근처의 기둥을 잡아 겨우 일어서자 무너진 잔해의 유리 조각이 발끝에 채었다. 솔은 눈을 꼭 감았다가 떴다. 그래도 여전히 무언가가 솔의 시야를 끈질기게 방해했다.

툭-.

이마에서 끈적한 것이 떨어졌다. 솔은 겨우 팔을 들어 옷소매로 닦아내었다. 왜 이렇게 힘이 없는 걸까. 숨도 잘 쉬어지지 않았다. 콜록거리며 마른기침을 토해냈다. 가슴께가 콱 막힌 듯 답답했다. 눈과 코끝이 붉어질 만큼 계속 기침했다. 온몸이 괴로웠다. 솔은 습관처럼 주머니에 손을 넣었다. 항상 위안이 되어 주었던 주사위가 다행히 손안에 잡혔다. 온기가 느껴져서일까. 조금 힘이 났다.

눈을 떠야 한다고 생각했지만, 몸은 마음대로 움직여 주지 않았다. 끈적한 것이 계속 이마를 타고 내려와 속눈썹에 걸리며 눈을 적셔 댔다. 솔은 방해물인 액체를 훔쳐 내려 거칠게 눈가를 문질렀다. 그리고 손을 본 순간.

툭, 투둑-.

검붉은 액체가 수없이 바닥으로 떨어졌다. 익숙한 듯 불안감으로 죄어 오는 악몽. 비릿한 혈향이 훅 코로 끼쳐 왔다. 몸이 벌벌 떨렸다. 피 웅덩이를 보던 솔은 두려움을 참으며 애써 고개를 들어 주위를 둘러보았다. 그러자 신음밖에 나오지 않는

처참한 광경이 눈에 들어왔다.

거대한 무언가가 휩쓸고 간 듯 거의 반파된 건물의 잔재에 유진의 몸이 깔려 있었다. 부러진 뿔에서 붉은 피가 뚝뚝 떨어졌다. 그 밑에 고인 피는 오롯이 유진의 것이라기엔 양이 너무 많았다.

뒷걸음질 치던 솔의 발에 뭔가가 밟혔다. 고개를 숙여보자 얼룩진 옷자락의 끄트머리가 있었다. 옷의 주인을 따라가 보자 타호가 힘없이 엎드려 쓰러져 있었다. 그런 타호의 손을 꼭 잡은 채 옆에 누워 눈을 감고 있는 비켄도 보였다.

솔은 두 사람을 일으키려 힘껏 몸을 돌려보았지만, 곧 팔을 떨궜다. 타호는 한쪽 눈가가 텅 비어 있었고, 비켄은 손목부터 몸이 시커멓게 그을려 있었다. 두 사람의 모습은 솔에게 '이미 돌이킬 수 없다'고 알려주는 듯했다.

솔은 '한 사람이라도 제발, 제발…….'이라 읊조리며 정처 없이 주변을 터덜거렸다. 하지만 솔의 바람은 금세 깨졌다. 높은 가로수 나뭇가지 사이로 피에 젖은 흰 날개가 보였다. 솔의 시선이 천천히 날개의 주인에게 옮겨 갔다. 드러난 모습은 잔인하기 짝이 없었다. 아비스의 몸통이 곧 떨어질 낙엽처럼 간당거리며 걸려 있었다.

툭! 툭! 투두두둑-.

비교도 할 수 없을 만큼 수많은 핏줄기가 솔의 이마부터 시작해서 온몸을 적셨다. 솔의 눈가가 파르르 떨렸다. 황량한 흙바닥 위에 굴러다니는 아이온의 응원봉이 데굴거리며 고요함을 깰 뿐이었다. 그제야 솔은 알게 되었다. 이 피는 비단 스타원 멤버만의 것이 아니란 사실을.

그걸 깨달은 순간, 솔은 입을 막았다. 속이 뒤집히는 거 같았다. 이번 악몽은 너무 괴로웠다. 빨리 이 끔찍한 곳에서 나가고 싶었다.

그때였다.

《깔깔깔!》

카랑카랑한 웃음소리가 귓가를 찔렀다. 솔은 반사적으로 귀를 막았지만, 불쾌한 웃음소리는 머릿속에서 울리는 듯했다.

《깔깔깔깔!》

더욱 진해지는 웃음소리에 솔은 서둘러 주위를 보며 근원지를 찾으려 했다.

《너, 나를 찾아?》

순간 솔의 팔을 타고 검은 연기가 흘러나오기 시작했다. 불길한 연기가 팔로 시작해서 몸을 한 바퀴 휘돌아 목까지 올라

오자, 솔은 깜짝 놀라 주저앉으며 손을 휘저어 그것을 없애려 했다. 솔의 몇십 배는 되는 듯한 검은 연기는 점점 커지며 하늘로 오르더니 순식간에 흩어졌다. 검은 연기가 사라진 그곳에는 거대한 하얀 고양이가 있었다.

파란색과 초록색의 각기 다른 색을 지닌 두 개의 눈동자가 점점 다가왔다. 거대한 눈은 솔의 몸집만 했다.

그곳에 솔의 전신이 비춰 보였다. 고양이는 솔을 주시하며 입꼬리가 찢어질 듯 히죽 웃었다. 솔은 차오르는 구토감을 느끼며 자리에서 벗어나려 몸을 틀었다.

《또 술래잡기야? 그런데 늦었어!》

고양이의 형상을 이루었던 검은 연기가 다시 일렁이더니, 솔의 발밑에서부터 몸을 타고 올라 목을 조였다. 솔이 목을 손톱으로 박박 긁어보아도 연기는 꿈쩍도 하지 않았다. 솔이 비틀거리다가 바닥에 주저앉자, 연기는 이때라는 듯 더욱 몸을 휘감았다. 솔이 저항할수록 오드아이 고양이는 깔깔거리며 웃었다.

숨을 쉬지 못해 산소가 점점 부족해지자 머릿속이 몽롱해졌다. 세상이 뭉그러져 보였다. 꺽꺽거리며 어떻게든 숨을 쉬려 했다. 더는 견딜 수 없었다.

그렇게 의식을 잃어갈 때였다. 민트색 빛이 눈앞에 아른거렸다. 빛을 눈으로 좇는 순간, 그토록 바랐던 산소가 콧속으로 들어왔다.

"컵, 큭……!"

솔은 숨을 들이마시며 벌떡 일어났다.

제 14 화

괴한

환한 빛이 쏟아졌다. 솔이 숨을 몰아쉬며 주위를 둘러보자, 익숙한 공간이 눈에 들어왔다. 조금 전까지만 해도 멤버들과 춤 연습을 하던 연습실이었다. 솔은 목을 쓰다듬어 보았지만, 아무것도 목을 조이지 않았다.

"하아……."

또 악몽이었다. 하지만 여느 때보다 몸 상태가 훨씬 좋지 않았다. 식은땀이 온몸을 적셨고 지독한 감기에 걸린 듯 기운이 없었다. 솔을 제외한 멤버들도 모두 잠시 잠을 청한 듯, 바닥에 누워 자고 있었다. 간간이 몸을 뒤척이면서도 다들 신음을 내며 인상을 쓰곤 했다. 그중에서도 죽은 듯 유독 미동이 없는 유진이 숨을 쉬는지 확인하려던 찰나, 조용히 자던 유진이 눈을 번쩍 뜨고 자리에서 휙 일어났다.

“형?”

“아…….”

유진은 이마를 짚었다. 척 봐도 상태가 좋아 보이지 않았다. 솔은 황급히 물었다.

“왜 그래?”

“꿈이 이상했어.”

“형도 고양이 나왔어?”

유진의 미간을 잔뜩 찌푸렸다.

“글쎄……. 되게 기분 나쁜 꿈이었는데, 깨니까 기억이 전혀 안 나.”

그때, 옆에서 뜬금없이 타호가 말했다.

“형도? 나도.”

“아, 깜짝이야.”

“아, 미안. 아까 나도 깼어.”

타호도 썩 좋은 꿈은 아니었는지 어깨를 주물렀다. 솔은 비켄과 아비스를 봤다. 둘도 깼지만, 표정이 좋지 않았다.

“비켄, 너도 이상한 꿈 꿨어?”

“응. 그런데 기억이 안 나.”

“나도.”

"나도."

솔은 목을 쓰다듬었다. 멤버 다섯이 동시에 악몽을 꾼다는 게 과연 흔한 일인 걸까.

"아까 그, 약속의 때인지 뭔지 하는 걸 듣고 자서 그런가."

비켄이 중얼거리자 멤버들은 저마다 한마디씩 하며 금세 일상으로 돌아왔다. 다들 꿈의 내용이 기억나지 않는다고 했지만, 솔은 이상할 만큼 생생하게 기억이 났다. 자신이 꿈꾼 내용을 말하려다 이내 고개를 저었다. 괜히 기분 나쁜 내용을 말할 필요는 없었다. 솔은 작게 한숨을 내쉬었다.

어떻게 지나갔는지도 모를 춤 연습이 끝난 뒤, 멤버들은 숙소로 돌아가는 밴을 타러 가며 퇴근길 브이로그를 찍었다. 편집해서 아이온에게 보여 줄 영상이니만큼 밝은 모습을 보이는 게 좋았다. 솔은 카메라를 향해 웃어 보이며 브이 자를 그렸다. 기분은 한없이 하향 곡선을 그렸지만, 애써 티 내지 않으려 했다.

"여러분, 보시다시피 퇴근길입니다. 오늘의 일정은 다 끝났고, 이제 숙소 가서 자는 일만 남았어요! 그런데 벌써 밤이네요, 흑흑."

유진은 솔의 어깨에 팔을 올리며 말했다.

"피곤해?"

"견딜 만해. 형은?"

유진은 머리카락을 넘기며 말했다.

"나는 요즘 너무 강해져서."

솔은 유진의 잘난 척을 가볍게 지나쳤다.

"아, 예. 그래요?"

"아니, 그렇게 넘어가면 어떡해!"

솔은 카메라를 보며 말했다.

"그럼 아이온 분들께 한번 보여주든가."

"좋아. 들고 있어 봐."

솔은 셀프카메라를 유진에게 비췄다. 유진은 방송국 주차장으로 가는 길에서 위로 훌쩍 점프했다.

"와! 형!"

"점점 더 위로 가네?"

"죄송합니다. 여러분. 제가 조금 피곤해서 그렇게 높이 뛰지는 못했어요."

"형, 거의 달에 닿겠던데?"

"그래? 흐흐. 그러고 보니 오늘따라 달이 동그랗네. 아이온, 오늘 보름달인가 봐요. 달이 예뻐요."

유진이 카메라를 들어 달을 비췄다. 솔도 달을 향해 고개를 올렸을 때였다.

달의 한쪽이 일그러져 보이는 듯했다. 피곤해서 그런 건지 눈을 문지르고 다시 봐도 여전히 뒤틀려 보였다. 그때, 뒤틀린 달 앞쪽으로 붉은색 선이 하나 그려졌다. 붉은 선은 파장을 이루며 점점 흔들리고 요동치다가 찢어지듯 아가리를 벌렸다. 모두 걸음을 멈추고 하늘을 올려다보았다. 공기가 얼어붙는 느낌이었다. 등 뒤가 서늘했다. 예전에도 한 번 느낀 적 있었는데, 이거. 이 느낌은…….

솔이 알아채기 직전, 찢어진 선이 점점 크게 벌어지며 마치 다른 공간에서 나오는 것처럼 무복을 입은 괴한들이 쏟아지듯 들이닥쳤다.

열 명 정도로, 저번과 수는 비슷해 보였지만 기세는 더 흉흉했다. 솔은 서둘러 외쳤다.

"다들 피해!"

멤버들은 서둘러 피할 곳을 향해 내달렸지만, 주차장으로 가는 길은 좁고 길었다. 몸을 숨길 곳은 멀었고, 그곳까지 괴한들이 찾아오지 않는다는 보장도 없었다.

“피할 공간이 없어!”

게다가 이 주변에는 스타원 멤버들뿐 아니라 행인들도 많을 터였다. 도심 쪽으로 도망치면 더 큰 혼란을 불러올 것이었다. 인적이 드문 이곳에서 맞서야 했다. 솔은 도망치지 않고, 결심한 듯 앞으로 나갔다. 유진도 이를 악물고 솔의 옆을 지켰다.

하지만 비명을 지를 새도 없이, 순간 눈앞까지 들이닥친 괴한이 솔의 팔을 잡아채려는 듯 우악스레 스치고 지나갔다.

팟!

솔이 겨우 몸을 비틀어 피해낸 후, 짧은 찰나에 이전에 연습했던 금빛 불화살을 만들어 괴한을 향해 쏘았다. 금빛 화살이 밤하늘을 가르고 포물선을 그리며 나아갔다. 하지만 솔이 쏜 화살은 상대의 옷깃에 그을음만 만들고 흩어졌다.

어느새 괴한은 자세를 추스르고 이미 몇 걸음 떨어져 있었다. 그러곤 고개를 들어 솔을 주시했다. 어두운 밤에도 붉은 빛을 띠며 흉흉히 빛나는 잔혹한 눈빛에 바짝 소름이 돋았다.

핏, 피잉!

솔이 서둘러 다음 화살을 만들려 했지만 긴장한 탓인지 애

꽃은 불꽃만 작게 터질 뿐이었다. 그걸 보고 피식 웃은 괴한들은 속도를 줄이지 않고 다가왔다. 그때 타호가 외쳤다.

"유진 형이 앞으로 가서 상대하고 솔 형이 보조해!"

유진이 땅을 박차고 솔의 앞으로 가 괴한 하나에게 발차기를 날렸다. 괴한은 성가시다는 듯 한 팔로 막아내려 했지만, 예상보다 강한 유진의 힘에 중심을 잃고 넘어졌다.

그는 미간을 찌푸리며 유진을 노려보았다. 날카로운 눈빛이 유진을 뚫을 듯 빛났다.

그사이 유진은 다른 괴한의 팔을 비틀어 등 뒤로 잡았다. 하지만 육탄전은 순조롭지 않았다. 괴한은 몸을 비틀어 유진의 공격을 가까스로 피해내고는 마치 그림을 그리듯 팔을 흔들었다. 유려한 손동작을 따라 부적과도 같은 붉은 문양이 허공에 그려졌다. 그러자 괴한의 손 근처로 마치 주위에 존재하는 모든 것의 에너지를 빨아들이는 듯한 기가 응집되기 시작했다.

괴한이 점차 빠르게 손을 움직여 붉은 문양을 더욱 정교하게 만들어갈수록 주변의 가로수들이 세차게 흔들리고 땅에 모래바람이 일었다. 공간이 일그러지며 문양의 주위로 아지랑이가 피어오르는 듯하더니 곧 붉은 빛 구의 형체를 띠기 시작했다. 괴한의 두 손 안에 모인 빛이 완전한 구로 응축되자, 괴한은 그 구체를 유진의 복부를 향해 쏘았다.

"으윽!"

응축된 구체를 복부에 정통으로 맞은 유진이 바닥에 굴렀다. 괴한의 커다란 손이 유진의 목을 움켜쥐었다. 유진이 더 덩치가 큰데도, 알 수 없는 힘이 내리찍기라도 하는 듯 팔을 쳐낼 수가 없었다.

괴한이 비릿한 미소를 지으며 유진을 한손으로 들어 올렸다.

퍼억-! 퍽!

목덜미를 잡힌 채 매달린 유진은 괴한의 몸뚱이와 팔을 사정없이 걷어찼다. 숨을 쉬기 힘들었다. 괴한은 아랑곳 않고 킬킬거리며 비웃었다. 바닥에 구를 때 생긴 팔의 상처를, 손가락을 깊숙이 넣어 헤집고 있었다. 유진의 얼굴이 붉어지고, 이마와 목줄기에 핏발이 가득 섰을 때였다.

"유진 형, 서리를 벌려!"

휘익- 쾅!

한차례 솔의 외침이 들린 후, 눈이 멀어버릴 만큼 밝은 광휘가 폭발했다. 엄청난 속도로 공기를 가른 불화살이 괴한에게 정통으로 맞았다. 상대가 허리를 굽히고 고꾸라졌고, 유진도 함께 땅에 굴렀다.

그러고, 얼마 지나지 않아.

"큭!"

솔의 몸이 자동차에 처박혔다. 보닛이 우그러지며 쾅 소리가 났다. 갑자기 나타난 또 하나의 괴한은 보닛에 누운 솔의 위에 올라타 목을 졸랐다.

곧 예전 이들과 만났을 때처럼 그들끼리 나누는 대화가 머릿속으로 들려 왔다.

–얜 화살밖에 못 쏘나 본데?

–만만하게 봤는데 다들 성가시네. 꽤 집념이 있어.

–그래 봤자 노래하고 춤추는 애들인데 뭐. 우리가 실패할 리 없잖아?

–그래도 방심하면 안 돼. 얘네가 괜히 운명의 소년들이겠냐?

–빨리 기절시켜서 데려가자. 아님 바로 처리하든가.

우리를 처리해? 죽인다는 건가?

운명의 소년들은 무슨 말이지?

솔은 괴한의 손을 풀려고 힘을 주었다. 강하진 않더라도, 저들을 방해할 수 있다면 화살이라도 계속해서 쏴야 했다. 이대로 속수무책으로 질 수는 없었다.

하지만 목을 조르는 힘은 점점 강해지기만 했다. 황망했던 꿈속에서처럼 의식이 가물가물했다.

"이익, 형! 괜찮아? 비켄 형! 잠깐만 쟤들 묶어줘! 솔 형이……."

"기다려봐."

아비스의 격렬한 목소리에 답한 건 비켄이 아닌 타호였다.

금세 아스팔트 도로 사이를 뚫고 물이 속속들이 들어차며 수위를 높이더니, 급기야 파도가 치기 시작했다. 타호는 지금 디디고 선 땅에 파도를 치게 만들어, 점차 괴한들의 발목과 다리를 잡아채고 움직이기 힘들게 만들었다. 파도가 괴한들의 허리께까지 출렁이며 그들의 움직임을 둔하게 하고 공격을 방해했다.

"이익!"

타호의 마법 덕에 멤버들은 잠시 몸을 추스를 시간을 벌었다. 솔은 목을 조르던 괴한이 빠른 물살 때문에 잘 움직이지 못하게 되자마자 손을 있는 힘껏 뿌리치고 거리를 벌렸다. 유진도 붙잡혀 있던 목덜미를 빼내어 물살의 힘을 빌려 뒤쪽으로 헤엄쳤다.

하지만 몸 안의 마력을 한 번에 응축시켜 폭발하듯 발현한 것인지, 이내 타호도 힘이 빠진 듯 숨을 몰아쉬며 주저앉았다. 한순간 물이 모두 땅 밑으로 흡수되더니 언제 파도가 쳤냐는 듯 마른바닥으로 되돌아갔다.

괴한들은 물살의 구속력이 사라지자마자 아까 전 보았던 붉은 문양을 그리며 다시 빛 구체를 만들어 내기 시작했다. 주변의 공기가 그 구체에 흡수되는 듯 일그러지는 게 느껴졌다.

솔은 보닛에 앉은 채 멍하니 그 구체를 바라보았다. 아까 것보다 더 컸다. 괴한이 손을 휘돌리자 그의 상체만 하게 몸집을 부풀려갔다. 도저히 막을 자신이 없었다. 덩어리는 이내 솔을 향해 쏘아져 왔다. 다가올 고통에 눈을 질끈 감으려던 때였다.

휙!

바람을 가르는 소리가 들리더니, '쾅!' 하는 충격이 귓전을 때렸다.

"솔아, 괜찮아?"

눈앞에 유진이 섰다. 자신의 몸을 던져 응축된 덩어리를 어깨로 겨우 쳐낸 것이었다. 충격이 컸는지 유진의 옷이 너덜거렸다.

"유진 형?"

"내가 지켜 준다고 했잖아."

바닥에 나뒹구는 괴한의 어깨를 한 번 발로 찬 유진은 주먹을 꽉 움켜쥔 채 구석에 몰려 숨을 몰아쉬고 있는 멤버들을 보았다.

큰 힘을 쓴 탓인지 타호는 기둥 뒤로 몸을 숨긴 채 주저앉아 눈을 감고 있었고, 비켄과 아비스는 그런 타호를 지키기 위해 앞을 막아선 채 여러 괴한들에 맞서는 중이었다.

하지만 마법 능력을 활용하기도 점점 힘에 부치는지, 속절없이 힘겨운 몇 번의 발길질과 주먹질이 전부였다. 솔도 그제야 멤버들의 상황을 발견하고 그쪽을 향해 비틀거리며 달려갔다.

다들 옷이 찢겨 너덜거리고, 가만히 서 있는 것조차 힘겨워 보였다. 승산은 거의 0에 수렴할 터였다. 도무지 이겨낼 희망이 보이지 않았다. 이대로라면 정말 이들이 원하는 대로 끌려가게 될 수도 있었다.

이들은 대체 누구인가. 기묘한 복색을 하고선 어디서 왔는지, 왜 우리를 공격하는지 도저히 알 수가 없었다. 어떻게 해야 이길 수 있는지 눈물겹도록 알고 싶었다. 지나가던 사람이라도 붙잡아 무릎 꿇고 묻고 싶었다.

막막한 상황에 유진이 한숨을 내쉴 무렵.

어디선가 낯선 목소리가 들려왔다.

제 15 화

계약

서 있었다.

《그래, 나야. 내가 말한 거 맞아.》

고양이는 놀란 입을 다물지 못하는 유진을 향해 그르렁거렸다.

《이기는 방법이 있어. 아주 강력한 마법이지.》

"그게 뭐야."

《네 내면의 종족을 이끌어내면 돼.》

오드아이 고양이는 빠르게 말을 이었다.

《대신 대가가 따를 거야. 계약하겠어?》

유진은 멤버들을 향해 공격을 퍼붓는 괴한들을 보았다. 여길 벗어나야 한다. 이것저것 따질 여유가 없었다.

"할게! 무엇이든 할게!"

고양이가 한쪽 입꼬리를 찢어질 듯 올리며 웃었다. 순간, 유진은 가슴을 부여잡았다. 엄청난 격통이 온몸을 흔들었다. 머리에 뿔이 날 때 연습실에서 겪었던 고통과는 차원이 달랐다. 몸의 가장 작은 세포부터 산산이 깨지고 조각조각 다시 끼워 맞춰지는 듯한 느낌이 들었다.

그러길 몇 분이나 지났을까. 유진은 선명하게 달라진 감각을 느끼며 온몸의 힘을 풀었다. 주위의 온도, 습도, 저 멀리서 들

《이기고 싶어?》

주위를 둘러봤지만 그렇게 말할 만한 사람은 보이지 않았다.

머릿속을 쨍하게 울리는 듯한 목소리에 유진은 귀를 틀어막았지만, 목소리는 멈추지 않고 말을 걸어 왔다.

《여기야.》

머리가 쿵쿵 울리는 듯하며 속이 울렁거렸다. 유진은 양손으로 귀를 막은 채, 비틀거리며 걸어가 어두운 곳으로 몸을 숨겼다.

《여기, 네 아래.》

유진은 발아래를 내려다봤다. 거기에는 오묘하게 서로 다른 색깔의 눈동자를 한 고양이 한 마리가 꼬리를 천천히 흔들며

서 있었다.

《그래, 나야. 내가 말한 거 맞아.》

고양이는 놀란 입을 다물지 못하는 유진을 향해 그르렁거렸다.

《이기는 방법이 있어. 아주 강력한 마법이지.》

"그게 뭐야."

《네 내면의 종족을 이끌어내면 돼.》

오드아이 고양이는 빠르게 말을 이었다.

《대신 대가가 따를 거야. 계약하겠어?》

유진은 멤버들을 향해 공격을 퍼붓는 괴한들을 보았다. 여길 벗어나야 한다. 이것저것 따질 여유가 없었다.

"할게! 무엇이든 할게!"

고양이가 한쪽 입꼬리를 찢어질 듯 올리며 웃었다. 순간, 유진은 가슴을 부여잡았다. 엄청난 격통이 온몸을 흔들었다. 머리에 뿔이 날 때 연습실에서 겪었던 고통과는 차원이 달랐다. 몸의 가장 작은 세포부터 산산이 깨지고 조각조각 다시 끼워 맞춰지는 듯한 느낌이 들었다.

그러길 몇 분이나 지났을까. 유진은 선명하게 달라진 감각을 느끼며 온몸의 힘을 풀었다. 주위의 온도, 습도, 저 멀리서 들리는 사람들의 속삭임까지 모두 선명하게 느껴졌다. 그래. 아까와는 달랐다.

그 순간, 유진이 서 있는 곳의 오른편에서 이질적인 기운이 느껴져 왔다. 고개를 획 돌려 바라보자, 괴한 하나가 비켄과 타호, 솔에게서 멀찍이 떨어진 채로 붉은 문양을 구동하기 시작하고 있었다. 유진은 괴한을 노려보았다. 그러곤 눈으로 좇기 힘들 만큼 빠르게 달려가 주먹을 휘둘렀다.

우두둑.

뼈가 으스러지는 소리가 들렸다. 공격이 제대로 먹혀든 것이다. 유진은 희미하게 웃으면서 주먹을 매만졌다.

가볍게 내지른 주먹 한 방이었지만 뼈를 부술 정도의 위력이었다. 이쯤이면 물러설 줄 알았건만, 적은 강했다. 광대뼈가 주저앉았는데도 조금도 고통스러워하는 기색 없이 다시 유진에게 덤벼들었다. 상대가 다시 공간을 일그러트리며 응축한 구체를 던지려고 할 때였다.

콰앙!

집채만 한 화살이 괴한의 어깨에 정통으로 꽂혔다. 솔의 공격이었다. 이제까지 솔의 화살이 자신의 몸통만 했다면, 이번 화살은 어두운 공간을 낮처럼 느껴지게 할 정도로 큰 빛을 발해 마치 거대한 태양을 터트린 것 같았다.

괴한은 더는 견디지 못하고 의식을 잃은 채 쓰러졌다. 유진은 솔을 돌아보았다. 솔도 마법을 쓸 때 격심한 고통을 느꼈는지 허리를 굽힌 채 숨을 몰아쉬고 있었지만, 유진의 시선을 느끼곤 억지로 웃으며 엄지를 들어 보이고 있었다.

유진은 솔이 괜찮은 것을 확인한 뒤, 힘겹게 버티고 있던 비켄과 아비스가 떠올라 둘을 향해 달려갔다.

그제야 알았다. 언제부터였는지, 아비스의 등에 한번 봤었던 새하얀 날개가 다시 돋아나 있었다. 이전보다 더욱 커진 새하얀 날개가 달빛에 반사되어 흔들렸다. 눈이 멀 듯 아름다운 모습에 유진은 잠시 넋을 잃고 바라보았다.

까악! 까악-!

하늘에서 들리는 찢어지는 듯한 울음소리에 모두들 고개를 들었다. 거기에는 엄청나게 강해 보이는, 처음 보는 소환수가 자리하고 있었다. 크고 뾰족한 부리를 가진 특이한 외양의 새였다. 근처에 세워진 자동차만 한 거대한 크기였다.

"공격해!"

아비스의 외침에 새가 괴한의 옷을 물어 공중에 높이 들어올렸다. 괴한은 품에서 단도를 꺼내 새의 부리를 향해 팔을 휘

돌렸지만 약간의 흠집만 낼 뿐 끄떡없었다. 새는 공중을 한 바퀴 돌아 괴한을 차 위로 떨어뜨렸다.

쾅!

차의 앞 유리가 깨지며 유리가 비산했다. 괴한이 기절하자 새는 아비스에게 안심하라는 듯 한 번 고갯짓하더니 다른 괴한을 향해 날아갔다.

새의 엄청난 능력에 유진은 속으로 혀를 내두르며 자신의 머리를 매만졌다. 역시나 뿔이 자라나 있었다. 이게 '내면의 종족'을 뜻하는 건지 매우 궁금했지만, 지금 생각할 겨를이 없었다.

화아악-.

곧 따스한 빛이 몸 안으로 들어왔다. 어깨에 가시가 돋아난 비켄이 유진을 치유하고 있었다. 이전의 치유는 눈에 보이는 자잘한 상처를 회복시켜주는 정도였다면, 지금은 알 수 없는 힘이 내면을 따스하게 데우며 원기를 북돋아줄 정도였다. 언제 다쳤냐는 듯, 오히려 최상의 컨디션이 되어 무엇이든 할 수 있을 것 같았다.

유진이 비켄에게 눈을 맞추며 고개를 한 번 끄덕이자, 비켄도 고개를 끄덕이더니 타호를 향해 달려갔다.

정체를 알 수 없는 고양이와 꿈같은 계약을 맺은 이후로, 기분 탓인지 멤버들의 능력이 크게 향상된 것 같았다. 이전엔 공격이 번번이 막혔다면, 지금은 그래도 타율이 높아진 듯했다. 고양감을 느끼며 더욱 힘을 회복한 유진은 아비스를 노리고 있는 다른 괴한에게 달려갔다. 그리고 힘껏 점프해 목을 노렸다. 하지만 괴한은 유진을 발견하자마자 붉은 막을 만들었다.

콰-!

붉은 막은 유진의 발차기를 막았다. 심지어 튕겨내기까지 했다.

유진은 그대로 바닥에 굴렀다. 하지만 재빠르게 구르는 방향을 틀어 안정적인 자세로 착지했다. 잠시 틈을 내어준 사이, 괴한은 아비스의 날개를 붙잡고 꺾으려 했다. 유진이 바로 일어나 팔을 잡았고, 날개를 잡힌 아비스는 몸부림을 쳤다. 아비스의 소환수가 날카로운 부리로 괴한의 팔을 잡아챘지만, 또 다른 괴한 둘이 달려들어 소환수의 몸통을 밀어냈다.

우두둑!

결국 아비스의 왼쪽 날개가 반대 방향으로 꺾였다. 아비스는 괴로워서 몸을 비틀었고, 유진은 괴한의 팔을 떼어내려 더욱더 매달렸다.

콰아앙!

격렬한 파동이 일대를 휩쓸었다.

눈 뜨기조차 힘들 만큼 거센 돌풍이 불어 닥쳤다. 멤버들과 괴한은 모두 제자리에 서 있기 힘들어 주변의 기둥을 잡고 안간힘을 쓰며 버텼다.

"……뭐야, 이건."

당황한 듯한 목소리와 함께 괴한의 손아귀에서 힘이 빠졌다.

그 순간을 놓치지 않은 솔은 몸을 비틀어 빠져나와 자신의 앞을 뜨거운 화염으로 감싸 방어했다.

괴한이 한번 혀를 차고, 돌풍을 뚫고 타호에게 달려들려 할 때였다.

바람은 더욱 거세게 휘몰아쳐 소용돌이를 이루었고, 달려들려던 괴한을 집어삼켰다.

"형……."

그사이 날개를 비틀린 아비스가 신음을 뱉었다. 유진은 재빨리 아비스를 안아 들고 비켄을 찾았다. 비켄이라면 낫게 할 수 있을 것이다.

유진이 황급히 고개를 획획 돌려 비켄을 찾아냈지만, 그도 이제 막 괴한에게서 벗어난 듯 숨을 몰아쉬고 있었다. 옆에는 피투성이가 된 솔이 보였다.

눈코 뜰 새 없이 불어닥치는 돌풍에 사방이 복잡한 와중에도, 괴한들은 지친 기색 없이 다시 전형을 가다듬었다. 전세가 겨우 기우나 했는데, 상대는 여전히 여유롭게 대열을 이루고 서서 멤버들을 훑어보고 있었다.

휘익-.

그때, 멤버들의 뒤에서 날아온 파란 원반형 마법진이 괴한 하나의 어깨에 맞았다. 아무리 공격해도 꿈쩍도 안 했던 괴한은 괴로움에 몸을 비틀었다.

유진은 구체가 날아온 방향을 바라보았다. 괴한들의 검붉은 망토와는 달리, 하얀 망토를 두른 무리가 있었다. 그들은 너무도 여유롭게 괴한들을 차례차례 공격해나갔다.

괴한들도 저마다 붉은 구체를 하나씩 만들며 저항하려 해보았지만, 그보다 훨씬 크고 밝은 파란 마법진에 산산이 조각나며 힘을 잃었다.

하얀 망토를 펄럭이며 그려내는 가벼운 손짓에 따라 룬 문자가 마법진을 만들어내며 요동쳤고, 그것은 남김없이 상대를 명중했다. 괴한들은 주춤거리며 뒷걸음질 쳤다.

하얀 망토를 두른 무리는 계속해서 스타윈의 편에서 괴한들을 공격했다. 척 봐도 우세한 그들의 공격력에 적색 망토의 괴한들은 서로를 보더니 고개를 끄덕였다.

허공 높은 곳에 다시 붉은 줄이 생겼다. 줄이 팽창하자, 괴한들은 위로 튀어 올라 그 틈으로 남김없이 사라졌다.

금세 아무 일 없었다는 듯 방송국 앞 공터는 적막에 휩싸였다. 스산한 바람이 불었다.

유진은 말없이 아비스를 안은 채 비켄에게 다가갔고, 비켄은 지친 와중에도 아비스의 날개에 빛을 쏘아 주었다. 날개는 다행히도 점차 전처럼 돌아왔다.

솔은 피를 훔쳐내고 고개를 들었다. 하얀 망토의 사람들이 자신을 내려다보고 있었다.

이들이 누구인지는 모르겠지만 스타윈을 구해줬다는 한 가지는 확실했다.

솔은 고통 속에서 토해내듯 말했다.

"감사합니다."

무리 중 한 명이 다가와 낮은 목소리로 말했다.

"괜찮나?"

비켄의 빛이 솔에게 들어왔다. 솔은 고개를 끄덕였다.

"네."

"치유 능력이 있는 드라이어드가 있어서 다행이군."

드라이어드라니, 그건 비켄을 말하는 걸까? 솔이 눈을 깜박일 때였다. 남자는 주위를 둘러보며 말했다.

"할 얘기가 많지만, 여기서는 무리인 거 같군."

멤버들은 그제야 주변을 인식했다. 정신없어서 몰랐는데, 많은 인파가 몰려들기 시작했다.

멍하니 있는 솔에게 하얀 망토를 쓴 이가 말했다.

"나중에 찾아오겠다."

그들은 순식간에 돌아섰다. 솔이 뭐라고 할 틈도 없었다. 눈을 깜박이는 찰나, 흔적도 없이 사라졌다.

다시 바람이 불었다. 솔은 뒤를 바라보았다. 뿔을 단 유진, 날개를 단 아비스, 어깨에 가시가 돋은 비켄, 눈의 색이 변하는 타호까지.

반쯤 짐승이 되어 버린 멤버들이 한눈에 들어왔다.

솔은 반사적으로 자신의 귀를 만져 보았지만, 어째서인지 전처럼 뾰족하게 변해 있지는 않았다.

솔이 작게 물었다.

"다들 괜찮아?"

유진이 쓰게 웃으며 대답했다.

"너야말로 괜찮아?"

솔은 고개를 저었다. 자신도 스타원도 도저히 괜찮지 않았다.

"일단 숙소로 가자."

전투 후유증은 오래갔다. 아프고 두려운 마음도 컸지만, 벌어진 현실을 어떻게 대처해야 할지에 대한 불안감이 더욱 컸다. 다들 착잡한 표정이었다.

스타원은 숙소에 도착하자마자 거실에 모여 잤고, 습격의 밤은 그렇게 조용히 지나갔다. 기절하듯 잠들었다가 깬 스타원은 드디어 서로 말을 꺼냈다.

"우리 싸우던 거, 영상 돌아다닌다며?"

"아무도 없었던 거 같은데, 누가 찍은 거지?"

그 덕인지 하루 만에 연관 검색어는 또 변했다. '스타원 무대'에서 '습격 사건'으로, 이제는 '마법 아이돌 스타원'으로. 스트

리밍 생중계될 동안 실시간 검색 순위 1위를 놓치지 않을 만큼 화제였다고 한다. 아직도 검색어 순위에서 내려오지 않고 선풍적인 인기를 끌고 있었다. 정체불명의 괴한에게 힘껏 저항하는 모습이 멋져 보였다나.

"인지도가 높아진 상태에서 이런 사건이 터져서 그런가 봐."

"그런가."

유진이 무심히 대꾸하자 타호와 비켄이 말을 이었다.

"옛날에 기사라고는 마법 없는 아이돌이라고 비판하는 것밖에 없었는데……."

"그게 무슨 비판이야. 그냥 좋은 말로 욕하는 거였지."

솔은 예전을 생각했다. 몇 개월 전인데 벌써 오래전처럼 느껴졌다.

"그런데 이런 일로 달아오르니까 좀 이상해."

"마냥 기쁘지는 않다."

"착잡해."

타호는 스마트폰 화면을 보며 말했다.

"어제는 정신이 없어서 잘 몰랐는데, 오늘 아침에 전투 영상 돌려보고 알았어. 어제 그 사람들, 우리 생방송 할 때 습격한 사람들이랑 같지?"

"맞아. 도대체 목적이 뭘까?"

지난번 생방송 무대 때처럼 팬들과 함께 있을 때 나타나서 이번처럼 죽기 살기로 덤비면 정말 큰일이었다. 팬들을 다치게 할 수 있다는 점이 더더욱 걱정되었다.

솔은 그때 들었던 텔레파시를 떠올렸다.

–그래도 방심하면 안 돼. 얘네가 괜히 운명의 소년들이겠냐?

–빨리 기절시켜서 데려가자. 아님, 바로 처리하든가.

우리를 죽이려고까지 하는 이유가 뭘까. 악의를 받는 건 익숙했지만, 죽임당할 만큼 누군가에게 원한을 산 일은 없었다.

'잠깐. 운명의 소년들은 무슨 말이지……?'

알 수 없는 말을 내뱉으며, 자신들을 향해 '그렇기 때문에 마땅히 죽여야 할' 존재들이라 말했다. 아무리 생각해봐도 도무지 알 수 없었다.

솔은 뜨거워진 이마를 짚으며 고민에 빠졌다. 타호는 스마트폰을 내려놓으며 말했다.

"그런데 사람들은 우리가 어제 이긴 줄 알더라."

"얻어터지기만 했잖아."

유진이 실소하며 말했다.

"필터링되기도 했고, 어두워서 자세히 보이진 않더라고. 우리가 공격하는 부분만 편집해서 다시 올리기도 했고."

"그래도 웃기다. 우린 어제 그 하얀 망토 입은 사람들 아니었으면 진짜 죽었을 수도 있는데."

유진의 말이 맞았다. 공기는 다시 무겁게 가라앉았다

비켄은 이런 가라앉은 분위기가 싫었다. 그래서 애써 농담을 했다.

"검색어에 '울트라 빔 비켄'은 없어?"

타호가 어이없다는 듯 피식 웃었다.

"너 그거 아직도 밀어?"

"치유의 빛보다는 울트라 빔이 멋지잖아."

진짜 황당해서 웃음이 나왔다. 하지만 그런 웃음은 전염이 되는 법이었다. 비켄의 농담에 다른 멤버들도 한둘씩 따라 웃었다.

얼마나 그렇게 있었을까. 솔은 일단 아비스에게 물었다.

"날개 꺾인 건 괜찮아?"

"그때 비켄 형이 울트라 빔 쏴줘서 괜찮아."

"내 빛, 효과 좋다고."

솔은 고개를 끄덕이며 말했다.

"그래, 그래. 신세 많이 졌습니다."

"솔 형, 그렇게 넘어가지 마! 더 칭찬해!"

"네, 네."

조금 부드러워진 분위기 속에서 타호는 거실 바닥에 누웠다.

"다들 멋있다고 난리야. 이건 무대가 아닌데."

"그러게. 그래도 우리 아이온들이 많이 걱정하더라."

아비스가 SNS를 켜서 보여줬다. 스타원을 걱정하는 말들이 가득했다. 따스한 응원에 그제야 딱딱하게 응어리진 마음이 녹는 기분이었다.

아이온이 계속 걱정할까 봐 스타원은 각자 SNS 계정에 접속해서 괜찮다는 근황을 올렸다. 그러자 무섭게 리트윗과 하트가 찍혔다.

"그래서 하는 말인데, 우리 내일부터 바로 스케줄 다시 돌면 안 될까?"

솔이 멤버들을 바라보며 말했다.

"괴한들이 언제 다시 나타날지 모르지. 그래도 우릴 기다리는 분들에게 얼굴 자주 비추는 게 좋을 거 같아서."

"그래. 집에만 꼭꼭 숨어 있는다고 안 오는 것도 아니니까. 뭣보다 우리가 숨는 느낌 주는 게 싫어."

유진이 다짐하듯 말하자, 타호와 비켄, 아비스도 차례로 말을 이었다.

"나도 이번 앨범 스케줄 성공적으로 마무리하고 싶어."

"나도!"

멤버들은 모두 솔의 응원에 동의했다. 솔이 고맙다는 듯 방긋 웃자, 다시 분위기가 밝아졌다.

그때 유진이 말했다.

"우리 영상, 필터링 되었어도 모습 변한 거 다 보이잖아. 다행히 평범한 변신 마법 정도로 알더라."

"다행이네. 진짜 변한 줄 알면 '괴물이다, 퇴치해라' 반대 운동을 벌일지도."

비켄이 시무룩해하자, 스타원은 동시에 한숨을 내쉬었다.

"아니라고 말 못 하는 게 비극이다."

아비스도 작게 한숨을 내쉬며 동조했다. 솔은 쓰게 웃고는 멤버들을 북돋웠다.

"그래도 마법 쓰게 된 게 어디야. 좋아, 그럼 무대 구성을 생각해보자."

"나, 생각해 둔 거 하나 있는데. 유진 형, 백 턴, 뒤로 도는 거 가능하지?"

타호가 눈을 빛내며 묻자, 유진은 고개를 끄덕이며 천장 높이를 확인했다.

“연속으로 두 번 해줄 수 있어?”

“세 번 하고 공중에서 도는 것도 가능해. 그냥 여기서 해볼게.”

유진은 부엌 쪽으로 가서, 뒤로 돌기를 연속으로 두 번 하며 거실로 왔다. 그리고는 아무렇지도 않게 공중에서 두 번 돌았다.

“와, 형 진짜 서커스 해도 되겠다.”

“이런 건 안 지쳐. 천장 높으면 더 돌 수도 있어.”

유진이 아무렇지도 않게 말하다 갑자기 몸을 움찔했다. 유진은 자신의 목을 잡았다. 갑자기 칼로 찌르는 듯한 통증이 느껴졌다.

연습실에서의 통증보다 더 날카롭고 정교한 고통이었다. ‘진짜 살의’가 있다면 이런 걸까.

미동도 안 하는 유진을 보며 솔이 물었다.

“유진 형, 왜 그래?”

“어? 아니……, 어제 무리해서 그런가?”

유진은 목을 매만지며 숨을 골랐다. 아무리 진정하려고 해도 숨은 거칠게 내뱉어졌다.

한없이 불길했다.

유진의 눈동자가 떨렸다. 유진이 심상치 않아 보여서 솔은 유진의 어깨를 잡았다.

"형?"

유진은 소스라치게 놀라며 솔의 팔을 쳐냈다.

탁-!

솔은 유진이 쳐낸 손을 바라보았다. 아픈 것보다는 의아함이 더 강했다. 솔은 유진을 향해 다시 물었다.

"왜 그래? 어디 아파?"

"아니야. 미안해, 좀 놀랐어. 어젯밤이 생각나서."

"괜찮아."

유진은 주먹을 꽉 쥐며 말을 돌렸다.

"아, 솔아. 그때 하얀 망토 입은 무리 말이야. 다시 찾아오겠다고 했지?"

"그러게. 대체 누구길래 우릴 도와준 건지……."

태연한 듯 대화를 이어가려는 유진이었지만 계속 어깨가 떨리고 있었다. 솔은 다시 한번 괜찮냐고 물어보는 대신 말없이 어깨를 토닥거려 주었다.

'검은 물이 용솟음치면, 약속의 때가 다가온다.'

순간 솔의 머릿속에 마법서의 구절이 떠올랐다. 유진을 위로해주고 있지만, 떨리는 어깨에서 전해져 오는 진동 때문인지 솔의 심장도 박자에 맞춰 불규칙하게 뛰기 시작했다.

그렇게 알 수 없는 두려움과 의문에 휩싸인 채 바쁜 스케줄을 소화해가던 일상 속, 스스로 '용의 일족'이라 칭하는 이들이 찾아왔다.

제 16 화

잘못 끼운 단추

그날은 특설 무대를 마지막으로 음악 방송 스케줄이 모두 끝난 날이었다. 다사다난했던 앨범 활동의 마지막 스케줄이었다.

눈코 뜰 새 없이 바쁜 일상이 지나고, 몇 개의 인터뷰 일정만 남아 있었다. 국내 활동은 모두 마무리되었고, 얼마 뒤에 있을 유럽 콘서트 투어를 준비해야 할 시즌이었다.

인터뷰 촬영 장소로 이동하던 중, 잠시 고속도로 휴게소에 들른 참이었다.

솔은 이온 음료로 목을 축였다. 선선해진 공기를 느끼며 크게 심호흡했다. 나뭇잎을 스치는 바람 소리가 귓가에 닿았다.

두 손을 모아 귀에 가져다 댔다. 마법을 각성한 후에 전체적으로 오감이 좋아졌지만, 그중 제일은 청력이었다.

조금만 집중하면 먼 곳의 아주 작은 소리까지 들을 수 있었다. 그러다 보니 가끔 가까운 곳의 소리에 깜짝 놀란 적도 많았다.

"솔 형!"

갑자기 바로 옆에서 타호가 나타나 이름을 부른 바로 지금처럼 말이다.

솔은 어깨를 움찔 떨었다.

"아, 깜짝이야. 왜?"

"뭘 그렇게 놀라?"

"집중하고 있었거든. 혹시 또 갑자기 누군가 찾아와 이상한 일이 생길까 해서."

솔의 대답을 들은 타호가 고개를 젓다가 한숨을 내쉬었다. 솔이 걱정하는 게 뭔지 알았다.

건너편에서 둘의 대화를 듣고 있던 비켄이 유진에게 말했다.

"그런 일이 참 많았지. 한 번, 두 번, 세 번, 네 번……."

다들 아무 말 안 했지만, 동의했다. 마법부터 시작해서 습격까지. 하도 정신없이 몰아쳐서, 갑자기 아무 일 없었다는 듯이 한가해진 이 순간이 낯설었다. 게다가 하얀 망토 무리에까지 생각이 뻗어, 한가한 이 순간에도 미묘한 긴장감을 느끼고 있었다.

쇄아. 다시 바람 소리가 들렸다. 솔은 휴게소 야외 의자에 앉아 있는 멤버들을 바라보았다.

"일단, 아직 안 오네."

비켄이 팔다리를 쭉 뻗었다. 장시간 차 안에 있어서인지 뼈가 뚜둑 소리를 내었다.

"그 하얀 망토 형님들? 언제 오시려나."

"그쪽 마음대로 아닐까."

유진이 툭 대답하자, 비켄도 한숨을 쉬며 말을 이었다.

"언제 올지 알 수 있으면 좋겠다. 미리 준비하게."

그러곤 잠시 침묵이 찾아왔다.

슬슬 말을 꺼내야 할 때였다. 솔은 다시 멤버들을 보며 말했다.

"그 일도 일이지만, 이번에 매니저 형 말 들었지? 공개 방송 활동에는 좀 텀을 두자고. 어떻게 생각해?"

얼마 전, 매니저 DK와 유빅 엔터테인먼트의 기획 실장이 멤버들을 불러 말했다.

쇠는 뜨거울 때 두들겨야 한다지만, 매니저와 실장은 유럽 투어 전까지는 조금 쉬어 가자고 했다. 지금 바로 앨범이 또 나오면 유례없는 판매량을 거둘 거라는 사실을 모를 리 없었는데도 말이다.

그 이유는 습격 사건 때문이었다. 리스크를 안은 채로 공개적인 장소에 계속 노출되는 건 위험했다.

갑갑한 상황 때문일까. 선선했던 바람이 금세 답답하게만 느껴졌다.

유진은 바로 대답했다.

"나는 안 쉬고 싶어."

그러자 타호가 고개를 저었다.

"나는 반대. 언제 또 괴한들이 습격할지 모르잖아. 그들의 목적을 알기 전까진 너무 위험해."

비켄과 아비스도 차례로 말을 이었다.

"나도 반대. 요새 너무 피곤한데, 조금 쉬면 안 될까?"

"맞아. 또 무대 중에 습격당하면, 이번엔 정말 아이온까지 위험해질 수도 있어."

유진은 뭐라 말하려다가, 남은 음료수를 다 마신 뒤 캔을 와락 구겨버렸다.

솔은 어색하게 웃어넘기며 고속도로를 보고 말했다.

"이 와중에 도로도 꽉 막혔네."

주차된 밴 안에서는 매니저 DK가 홀로 앉은 채 어디론가 전화를 걸고 있었다.

"블랙 워터 웨이브가 또 나타났다잖아. 정체 풀리는 데 시간 좀 걸릴 거야."

타호가 스마트폰 뉴스를 슥슥 넘기며 말해주었다.

'블랙 워터라…….'

모든 것의 근원이 되는 에너지이자 알 수 없는 수수께끼 같은 존재. 그것으로부터 촉발된 마법의 발현, 악몽, 습격의 이유까지, 모든 게 궁금했다.

솔이 잠시 생각에 빠져 있을 때 타호가 말을 이었다.

"느긋하게 마법서나 해석하고 싶다. 뭔지 몰라도 붙잡고 있다 보면 단서가 나오지 않을까?"

비켄이 웃음기를 띠며 살갑게 대답했다.

"그때 그 하얀 망토 입은 형들이 오면 해결될 것 같은데…… 헤헤."

그러자 다른 멤버들도 배시시 따라 웃기 시작했다. 한 사람만 빼고.

표정을 굳힌 채 서 있는 유진을 본 솔이 가볍게 한숨을 내쉬며 말했다.

"유진 형."

"……어, 왜."

"나랑 먹을 것 좀 더 사 오자. 다들 먹고 싶은 거 없어?"

"호두과자! 버터 오징어! 핫도그!"

다들 메뉴를 한 가지씩 말하자, 솔이 유진에게 눈짓했다. 유진은 못 이기겠다는 듯 자리를 털며 몸을 일으켰다. 솔과 유진, 그리고 몇 명의 경호원이 뒤따라갔다.

말없이 호두과자를 산 둘은 벤치에 앉아 각자 조용히 앞을 바라봤다.

"……."

바스락거리며 호두과자를 한 알 집어 유진에게 건넨 솔이 침묵을 깼다.

"유진 형."

"왜."

"그만 기분 풀어. 활동 길게 쉬지는 않아."

유진은 한숨을 내쉬었다.

"됐어. 의논한 결과에는 불만 없어."

유진은 습격 사건 뒤로 부쩍 예민해졌다. 별것 아닌 것에 화들짝 놀라고, 찌푸려진 미간은 펴질 일이 없었다.

솔은 그런 유진을 잠시 바라보다, 눈을 마주 보며 말했다.

"형, 손 좀 줘봐."

유진은 웬 손이냐는 듯 눈을 치켜뜨고 되물었다.

"뭔데?"

"내밀어봐."

솔의 두 번째 요청에 유진은 순순히 손을 내밀었다. 솔은 민트색 주사위를 슬며시 건네줬다.

"이게 뭐야."

"그거 쥐고 있으면 기분 좀 나아져."

유진은 주사위를 손바닥에서 굴려봤다. 아무것도 달라지는 게 없었다.

"뭐가 달라진다는 건데?"

"좀 따듯하지 않아?"

유진은 손바닥에 주사위를 다시 굴려봤다. 아주 약간 그런 것 같기도 했다.

"나 그거에 위로 많이 받아. 5분만 빌려줄게."

"나쁘지 않은 것 같긴 한데. 이게 뭔데?"

솔은 솔직하게 대답했다.

"몰라."

주사위에 대해서 뭐라고 말해야 할까.

"꿈속에서 날 구해줬고, 현실에도 나타났어. 한 번 잃어버렸는데, 다시 돌아오기도 했어."

유진은 고개를 갸웃거리며 말했다.

"저주받은 거 아니지?"

"아니야. 구해줬다니까? 그러니까 음, 뭐랄까. 저주보단 행운에 가까워."

"부적 같은 거야?"

"그, 그렇다고 치자. 아무튼 쥐고 있으면 기분이 좋아져. 유진 형, 속는 셈 치고 해봐."

유진은 주사위를 꽉 쥐었다. 솔의 말이 맞았다. 은은한 온기 때문일까. 이상하게 마음 한구석이 녹는 기분이었다.

"좀 어때?"

"뭐, 그럭저럭."

유진에게 '그럭저럭'이란 좋다는 뜻이었다. 솔은 마주 보며 웃었다.

"다행이다. 형 계속 기분 안 좋았잖아."

유진은 머리를 긁적이다 한숨을 내쉬었다. 솔의 말이 맞았다. 계속 기분이 바닥에 가라앉아 있었다.

"왜 그래?"

유진은 주사위를 손바닥에 굴렸다. 온기는 살며시 다가와서 가슴에 슬쩍 닿았다. 이상하게 간지러웠다.

유진은 주사위를 쥔 손을 볼에 댔다. 훈훈한 온기가 자꾸 스며들었다. 그냥 주사위일 뿐인데, 보드라운 깃털에 볼이 쓸리는 느낌이었다. 자기도 모르게 피식 웃음이 나왔다.

그래서일까. 유진은 솔직해질 수 있었다.

"솔아."

"왜?"

"내가 뭔가를 잘못한 거 같아. 단추를 잘못 낀 느낌이 들어."

유진의 눈동자가 파르르 떨렸다. 솔은 유진이 말할 때까지 가만히 기다렸다.

"알아. 이럴 때는 수습을 하면 된다는 거. 그런데 그렇게 할 수 없는, 돌이킬 수 없는 실수를 저지른 거 같아."

유진의 거친 숨소리가 들렸다.

"그게 무서워."

유진은 굉장히 불안해 보였다. 그게 무엇인지 물어보고 싶었지만, 유진이 스스로 말할 때까지 기다리고 싶었다. 솔은 가만히 유진의 어깨를 잡았다.

"뭔지는 모르겠지만, 혼자 불안해하지는 말아줬으면 좋겠어."

솔은 주사위를 쥔 유진의 손을 잡았다.

"단추를 잘못 끼웠다면 풀고 다시 끼우면 되는 거 아냐?"

"돌이킬 수 없어도?"

"도와줄게. 그게 뭐든. 같이하면 분명히 할 수 있을 거야. 아, 이 부분에 대해서 거절은 미리 거절할게."

유진은 어이없다는 듯 눈을 깜박였다. 솔은 어깨를 으쓱했다.

"형이 항상 날 지켜줬잖아. 그 보답이야."

"야, 네가 무슨 힘이 있다고. 화살도 잘 못 맞히잖아, 너."

둘의 시선이 마주쳤다. 그러자 기다렸다는 듯 갑자기 웃음이 터졌다.

이제야 좀 유진다워진 거 같았다.

"너무 걱정하지 마."

"솔아, 난 요즘 우리가 너무 변해가는 것 같아서 이상해."

유진이 허공을 바라보며 조용히 읊조렸다. 솔도 가만히 고개를 끄덕였다.

소용돌이 한복판에 내던져져 하루하루 외줄 타기를 하는 듯한 기분이었다. 갑작스럽게 찾아온 기적은 한순간에 신기루처럼 사라질 것만 같았고, 계속되는 습격으로 앞날에 대한 감조차 잡을 수 없었다.

말하지 않아도 전해져 오는 떨림에 두 사람은 다시 서로를 마주 보았다. 유진은 쥐고 있던 주사위를 다시 솔에게 건네줬다.

"잘 썼어. 왠인지 위로가 되네."

솔은 유진에게서 주사위를 다시 받고, 손에 꼭 쥐었다.

"형, 나 뜬금없는 얘기 하나 해도 돼?"

"뭔데?"

"이 온기, 왜 이렇게 익숙한가 했는데 말야."

솔이 유진의 손목을 덥석 잡았다.

"체온이랑 비슷해."

유진이 아무 말 없이 놀란 듯 솔을 바라보자, 계속해서 말을 이었다.

"내가 힘들 때, 헤매고 있을 때, 갑자기 이 주사위가 나타났어. 그래서 내 멋대로, 내 인생의 나침판 같은 길잡이가 되어달라고 부탁하곤 했던 것 같아."

유진이 작게 웃으며 말했다.

"그 조그마한 애한테 바라는 것도 많네."

솔은 고개를 끄덕였다.

'그러고 보면, 이 주사위는 정체가 뭘까.'

꿈에 나타났나 하면, 연습실 유령이 지나간 자리에도 있었다. 시위 때문에 잃어버렸을 때는 매니저가 되찾아 오기도 했다.

언제든 어떻게든 솔의 손으로 돌아왔다. 아무래도 마법과 관련된 것 같긴 한데, 아무것도 알 수 없었다.

하지만 왜일까.

적어도 그 점에 대해서는 고민하지 않아도 될 것 같았다.

'곧 드러날 듯한 예감이 들어.'

솔은 다시 주사위가 든 주머니를 한번 지그시 누른 뒤, 호두과자 봉지를 고쳐 들었다.

한 아름 간식거리를 들고 털레털레 멤버들에게 돌아온 솔과 유진은 차례대로 하나씩 나눠주었다.

숲이 보이는 휴게소 의자에 앉아 한적하게 간식을 즐겼다.

아비스 곁에는 작은 새가 한 마리 있었다. 아비스가 버터 오징어를 잘게 찢어주자, 부리로 콕 쪼아 먹었다.

"맛있니?"

소환수도 버터 오징어를 먹는 걸까. 스타원이 신기하게 바라보고 있을 때였다. 작은 새는 조금 쪼아 먹던 버터 오징어를 뱉었다. 그러고는 작은 발로 콩콩 밟았다.

순간, 스타원은 나오는 웃음을 참을 수 없었다.

"아하하하!"

"큽!"

"아비스, 그거 별로래."

"아니, 그래도 밟는 건 너무하잖아!"

새는 기분이 나쁜지, 날개를 탁탁 털더니 날아올랐다. 비켄은 핫도그 봉투를 뒤적거리며 말했다.

"소환한 새는 버터 오징어 안 먹는구나."

"다른 새들은 버터 오징어 먹나?"

"글쎄. 보통은 잘 안 먹을 거 같기도."

아비스는 버터 오징어를 오물거렸다.

"그냥 취향이 아닌가 보지. 소환한 새니까 먹는 게 다른 거 아닐까."

솔은 음료수 뚜껑을 열며 물었다.

"그러고 보니 아비스의 소환수들은 이세계 동물들이겠지?"

비켄이 이어 말했다.

"뭘 먹고 살려나. 이세계는 어떤 곳이지?"

타호가 호두과자를 먹으며 말했다.

“나도 궁금해. 그 하얀 망토 형님들은 잘 알 것 같은데…….”

“이제 완전 형님 다 됐네.”

“맞아, 언제 오시려나. 빨리 오셨으면 좋겠다.”

쏴아아-

나무들이 산들바람에 곱게 흔들렸다.

파드득-

솔은 천천히 숨을 골랐다. 멤버들은 여전히 의논하고 있었다. 솔은 습관적으로 다른 소리에 귀를 기울였다.

솨.

바람 소리가 여전히 귓가에 들렸다. 배기음과 경적이 이따금씩 귓전을 스쳤다.

그때, 비슷한 소리가 다시 들렸다.

파드득.

긴 천이 바람에 흔들리는 소리였다. 깃발이 흔들릴 때와 비슷한 소리가 들렸다.

솔은 황급히 고개를 돌렸다.

시선 끝에 하얀 천 자락의 끝단이 펄럭이는 게 보였다. 천을 따라 올라가며 눈으로 좇으니 하얀 망토를 걸친 이들이 걸어

오고 있었다. 마치 허공에 조금 뜬 채 걷는 것처럼 가볍고 조용한 걸음이었다.

제 17 화

용의 일족

현실 세계와는 전혀 어울리지 않는, 이질적이고 조금은 기묘한 분위기의 그들은 다른 사람에게는 전혀 보이지 않는 듯했다. 스타원 가까이에 다가왔지만 경호원들은 전혀 제지하지 않았다.

그들이 나타난 지점에는 파란 마법진이 떠 있었다. 복잡한 무늬가 반짝이며 자리를 지키고 있었다.

놀란 솔은 안중에도 없는지, 옆에서 비켄이 한가로이 핫도그를 베어 물며 말했다.

"그런데 그 하얀 망토 형님들은 언제 올까?"

굳은 채 시선이 고정된 솔을 발견한 유진이 자리에서 일어났다. 그제야 다른 멤버들도 솔과 하얀 망토 무리를 바라보았다. 비켄은 당황해서 어쩔 줄 몰랐다.

“어, 어! 이거 진짜지? 지금은 뭐 드릴 게 없는데?”

허둥지둥하는 비켄을 타호가 진정시키며 등을 토닥여주었다. 그제야 비켄은 두 손으로 입을 막으며 휘둥그레진 채로 쳐다보기만 하였다.

상대는 다섯 명이었다. 그들은 가볍게 다가와 스타원 멤버들의 바로 지척에 섰다.

아무도 쉽사리 먼저 말을 꺼내지 못하는 분위기 속에서, 하얀 복색의 인원 중 한 명이 망토 안감을 뒤져 목걸이를 꺼냈다.

동그란 보석이 달린 목걸이를 공중에서 한 바퀴 돌리자 파란 돔형의 마법진이 허공에 떠올라 막을 이루었다. 그 막은 점점 넓게 퍼지더니, 색이 짙어지며 바닥에 동그랗게 고정되었다.

순간, 휴게소의 다른 소음들이 전부 차단되었다. 바람 소리마저 사라진 곳에서 솔은 발밑의 마법진 무늬를 바라보다 천천히 고개를 들었다.

제일 앞에 선 남자가 후드를 들어 올리자 목걸이의 보석보다 영롱하게 빛나는 초록색 눈과 눈부신 은발이 드러났다.

“마법진 밖으로 나가지 마라. 마법진 안에 있어야 세상의 인식이 차단된다."

타호가 바로 물었다.

"사람들에게 우리가 안 보이게 하는 건가요?"

"비슷하지만 다르다. 안 보이는 것이 아니라 혼동을 준다. 너희는 우리와 얘기하고 있지만, 다른 사람들의 눈에는 간식을 즐기는 것처럼 인식될 거야."

솔은 고개를 끄덕였다. 특이한 복색의 이들과 함께 있는 스타원은 기삿거리로 충분했다.

"누구신지 여쭤봐도 될까요?"

솔은 조심스럽게 물으며 밴을 바라봤다.

아까부터 통화를 하고 있던 매니저 DK는 그런 솔과 눈을 마주치고는 찡긋- 하며 안 어울리는 윙크를 했다.

'역시…….'

마법진은 매니저 DK에게 영향을 주지 못했다.

매니저 DK는 태연하게 다시 통화를 시작했다. 어째서인지 하얀 망토 무리 중 후미에 있던 자는 그런 매니저 DK를 힐끗 바라보다 다시 시선을 스타원으로 돌렸다.

"우리는 용의 일족이다. 용의 현신을 기다리지."

은발의 남자가 한 대답에 타호가 급히 한 발짝 다가서며 물었다.

“저, 혹시 대체 우리가 갖게 된 이 힘은 뭐죠? 왜 갑자기 마법을 쓸 수 있게 된 건가요? 그 괴한들은 뭐고, 우리를 습격한 이유는 또 뭔가요?”

항상 침착했던 타호가 불도저처럼 급하게 밀고 들어왔다.

그런 타호의 행동이 이해되긴 했다. 마법서에는 알쏭달쏭한 말만 쓰여 있었고, 해석해보려고 해도 안 된다며 매번 하소연했다. 그런데 그걸 알 수도 있는 존재가 나타난 셈이니 뭐든 빨리 묻고 싶을 것이었다.

타호의 질문에 녹안의 남자는 잠시 침묵을 지켰다. 그러더니 낮은 목소리로 대답했다.

“……긴 이야기가 되겠군.”

그는 손을 휘둘렀다. 그러자 휴게소였던 공간이 순식간에 어둠으로 뒤덮였다. 까만 장막이 드리운 세상에 그들만 존재했다.

남자가 다시 손짓하자, 중간에서 노란 별들이 두둥실 떠올랐다. 타호의 환상 마법과 비슷했지만, 격이 다르게 정교해 보였다.

순간, 별빛이 촤르륵 흩어지며 남은 공간에 거대한 지구가 나타났다. 하지만 형체를 알아보기 어려울 정도로 검은 안개에 꽁꽁 둘러싸여 있었다. 음산한 안개 사이로 익숙한 파란 바다가 보였다.

은발의 남자가 한 번 더 손짓하니, 검은 지구는 농구공 크기로 확 줄어들어 멤버들의 앞에 떠올라 있었다.

"이 마법은, 이 별이 얼마나 악과 혼돈에 빠져 있는지 보여 준다."

이번에도 타호가 물었다.

"이렇게 검다는 건 무슨 뜻인가요?"

"이 세계는 이미 돌이킬 수 없이 혼탁해졌고, 수명이 끝에 다다라 있다고 볼 수 있지."

검은 안개에 감싸인 지구가 공간을 천천히 돌았다.

"곧 모든 곳이 혼돈에 휩싸여 검게 변해버릴 것이다. 그게 의미하는 건……."

남자는 단호하게 말했다.

"완전한 멸망."

"멸망이라는 건……."

타호가 묻자, 남자는 말을 이었다.

"맞아. 죄의 대가는 죽음이다."

"모, 모두가 죽는다는 건가요?"

아비스가 눈을 휘둥그레 뜨며 물었다.

"그렇지. 하지만 방법이 하나 있어."

남자가 말을 꺼낸 뒤, 잠시 침묵을 지키다가 말을 이었다.

"마법계에는 '끝날의 용'이라는 전설이 있다. 그 전설에 따르면, 세계가 멸망할 끝날의 밤에 용신이 직접 현신한다. 악을 정화하고 세상의 질서를 바로잡기 위해."

"그러면 어떻게 되나요?"

솔이 묻자, 남자는 어깨를 한 번 으쓱하고 말했다.

"완전한 멸망을 막고, 지구는 평화의 시대로 돌아가겠지."

지구가 돔의 위쪽으로 두둥실 떠올랐다. 멤버들은 모두 그것을 눈으로 좇으며 고개를 들었다. 남자의 목소리가 나직하게 귓가에 울렸다.

"멸망을 막을 용의 현신을 위해서는 그대들의 도움이 필요하다."

무려 세계의 멸망을 막는 거대한 전설에 우리의 도움이 필요하다니.

갑작스러운 말에 누구도 쉽사리 말을 꺼내지 못하자, 남자는 이어 말했다.

"용이 현신해서 멸망을 막는 끝날의 밤에 다섯 명의 '별을 쫓는 소녀들'이 나타나 용을 도와 세계를 지키리라는 오래된 예언이 있다. 그리고 내 눈앞에 있는 그대들이 그 예언의 주인공일 확률이 매우 크지. 이제까지의 사건들을 보면 말이야."

남자는 잠시 말을 멈췄다가 이어 말했다.

"뭐, 아직 검증이 필요하긴 하지만."

남자의 말에 유진이 반응했다.

"근데 그 예언이란 거, 위험한 거 아닌가요? 저는 저희 멤버들만 안전하면 됐습니다. 구원이니 평화니, 너무 거창하네요."

남자는 피식 웃으며 대답했다.

"싫으면 할 수 없다만, 용신의 구원을 돕지 않는다면 필연적으로 모두가 멸망한다. 멤버들이 죽는 걸 원하진 않을 텐데?"

타호가 말을 받았다.

"그럼 우리가 뭘 해야 하는데요? 마법이 갑자기 발현된 것 말고는 저희 모두 평범한 사람들일 뿐인데, 대체 세상을 어떻게 구한다는 건지……."

솔도 이어 말했다.

"맞아. 멸망이 뭔지, 저희의 사명이 뭔지 모르겠지만 우리 멤버들이 위험에 처하는 거라면 따르고 싶지 않아요."

"거듭 말하지만, 용신을 돕는 것을 선택한다면 위험하더라도 살 수 있다. 아무것도 하지 않으면, 약속된 멸망만 다가올 뿐이지."

계속되는 비현실적인 말들에 멤버들은 모두 쉽사리 받아들이지 못했다. 거대한 숙명 앞에 갑자기 내던져진 듯, 막연한 두려움만이 앞섰다. 누군가 마른침을 삼키는 소리가 적막한 공간을 울렸다.

누구도 선택한 적 없는 운명에 온몸이 짓눌리는 듯한 느낌이었다. 어떤 선택지를 정하든 답이 없는 상황이었다.

"그…… 그럼 우리가 어떻게 해야 몸을 지킬 수 있죠?"

아비스가 묻자, 조소 어린 표정을 짓던 남자는 낯빛을 바꾸고 진지하게 말했다.

"우리의 본거지인 드래곤 피크에서 마법 수련을 해 더 강해져야 한다. 용의 현신을 돕고, 구원을 도울 수 있으려면 말이야."

드래곤 피크. 전 세계 곳곳에 위치한 매직 아일랜드 중 하나로, 익히 들어왔던 장소였다. 하지만 비밀에 싸여 그곳 내부의 모습은 누구도 본 적이 없었다.

세계 최고의 마법사들이 수련하는 공간이라는 그곳에서 마법을 더 익힐 수 있다는 건 분명 큰 기회였다.

어찌해야 할지 몰라 멤버들이 침묵을 지키는 사이, 솔이 멤버들을 둘러보며 먼저 말을 꺼냈다.

"우리, 세상은 몰라도 우리 몸을 지키려면 마법을 더 익혀두는 건 좋지 않을까? 지난번 습격 사건 때도 속수무책으로 당하고…… 너무 약했잖아."

비켄도 천천히 고개를 끄덕였다.

"난 솔 형 말이 맞는 거 같아. 그땐 너무 무력했어. 뭐가 됐든 힘을 키워두는 건 나쁘지 않으니까."

아비스는 어째 눈빛이 초롱초롱해져 있었다.

"나도 좋아! 음, 솔직히 조금은 기대돼. 더 많은 소환수들을 불러내보고 싶어."

유진은 그 모습을 보다 피식 웃고 조용히 말했다.

"나도 우리의 안전을 위해선 강해질 필요가 있다고 봐. 난 몰라도 너희가 다치는 건 끔찍하게 싫으니까."

"난 좀 걱정되긴 하지만, '끝날의 용' 전설이라는 게 마법서를 완전히 이해할 수 있도록 하는 키인 것 같아. 더 알아보고 싶어."

멤버들의 의견을 모두 확인한 솔이 남자를 향해 진중하게 말했다.

“아직 저희가 세상을 구할 사람들이라는 건 잘 믿기지 않아요. 잘할 수 있을지도 모르겠고요. 그래도 일단 저희의 몸을 지킬 수 있을 만큼은 강해지고 싶어요. 마법 수련을 할 수 있게 도와주세요.”

솔의 말에 남자는 반 바퀴 돌아섰다. 그러자 남자 뒤쪽 무리가 멤버들을 향해 허리를 숙여 인사하기 시작했다. 멤버들이 당황하는 사이, 그들은 천천히 고개를 들었다.

“별의 소년들이여.”

비슷비슷한 인상의 망토 무리 중 한 명이 입을 열었다. 노인의 목소리였다.

“다시 소개합니다. 우리는 ‘용의 일족’. 용의 의지를 잇는 자들입니다.”

“당신들을 돕기 위해, 용신께서 안배한 일족.”

노인의 말을 뒤이어 이번엔 여성의 목소리였다.

“뵙게 되어 영광입니다, 운명의 소년들이여.”

제 18 화

세상을 구하기 위해서

인사를 마친 뒤, 노인이 중후한 목소리로 말했다.

"별을 쫓는 소년들이 죽으면 용신이 부활하지 못합니다. 그러니 당신들은 끝날이 오기까지 살아 계셔주셔야 합니다."

노인의 당부에 타호가 의아한 듯 물었다.

"살아 있는 건 당연한 것 아닌가요? 딱히 더 뭘 안 해도 돼요?"

"죽지만 않으면 됩니다."

꽤나 음산한 대답을 아무렇지도 않게 했다.

비켄은 몸을 조금 떨며 팔을 쓸어내렸다.

"그럼 저희 활동을 아예 하면 안 되는 건가요? 팬분들이 기다리실 텐데. 어쨌든 컴백은 해야 해요."

"음, 그건…… 노래 녹음만 하면 되는 거 아닌가?"

은발의 남자가 고개를 갸웃거리며 말했다.

"아니, 얼마나 할 게 많은데요! 예능에, 무대에, SNS로 틈틈이 소통도 해야 하고!"

비켄이 말하자 타호도 조심스레 소곤거렸다.

"옛날 분들이라 잘 모르시나……?"

용의 일족 중 한 명이 당황한 기색으로 중얼거렸다.

"드, 드래곤 피크에 인터넷 연결이 안 되기는 하는데……."

그 말에 멤버들은 순식간에 딱한 눈빛이 되었다.

"이분들 어디 오지에서 사시나 봐."

"남극에서도 인터넷은 될 텐데."

"문명과는 단절된 삶을 사셨네. 뭐 하고 사신 거지?"

스타원이 계속 소곤거리자, 은발의 남자가 서둘러 말했다.

"드래곤 피크는 마도를 익히기 위한 곳으로, 밤낮없이 마도를 갈고닦아 용신의 길을 따른다. 오직 그것만이 우리 삶의 의미지."

침묵이 맴돌았다. 이루 말할 수 없는 단절이 느껴졌다. 솔이 침착하게 말했다.

"음, 우선 저희는 활동을 해야 해서 가만히만 있을 순 없어요."

용의 일족 중 한 명이 혀를 한번 차곤 못마땅하다는 표정으로 말했다.

"의미 없는 일에 위험을 쏟는군요."

유진이 바로 되받아쳤다.

"당신들이 보기엔 하찮아 보일지 모르지만, 우리에겐 긴 꿈이었습니다. 모두를 위해 가만히 있는 게 우리가 해야 할 유일한 일이라면 결코 그렇게 하진 않을 거예요."

솔이 유진의 손목을 가볍게 잡고 말했다.

"일단 그때 도와주신 건 감사했습니다. 그런데 아까 말씀하셨던 '운명의 소년'이란 건 뭔가요? 당장 느끼기엔 조금 무거워서요."

"무거워도, 그건 사명입니다."

자꾸 사명이라는 말만 하니 당최 뭘 하라는 건지 알 수 없었다. 솔은 숨을 고르고 되물었다.

"그러니까, 용의 일족님?"

"로드라고 불러라."

"로드님, 그럼 세상을 구하기 위해서 우리가 뭘 하면 되나요? 마법 수련은 우리의 몸을 지키기 위해서 한다지만, 그건 좀 걱정되네요."

유진이 이어 물었다.

“언제 또 찾아올지 모를 습격에도 대비하고 싶어요. 그들이 누구길래 자꾸 우릴 공격하는지에 대해서도 알고 싶고요.”

타호가 앞으로 걸어와 주먹 쥔 손을 폈다. 그곳엔 예쁜 하얀 꽃이 피어 있었다. 꽃잎이 살그머니 움직이며, 부드러워 보이는 속을 서서히 보여 주었다.

“이 힘에 관해서도 잘 알고 싶어요. 우린 지금 아무것도 아는 게 없어요.”

로드가 일렁이는 꽃잎을 잠시간 바라보더니 입을 열었다.

“정밀한 꽃이군. 역시 운명의 소녀들이야. 발현한 지 얼마 안 됐음에도 이 정도면 굉장한 재능이군. 하지만 그들에게 저항하기에는 부족해.”

로드는 손을 살짝 흔들었다. 그러자 검은 공간에 스타원을 습격했던 괴한들이 모습이 떠올랐다.

“이들의 이름은 멸룡도가. 우리와 끊임없이 반목하는 집단이다.”

여자가 덧붙여 말했다.

“그들의 목적은, 세계의 멸망. 그러니 세계의 구원자인 당신들을 제거하려는 것입니다.”

타호가 물었다.

"그때, 우리가 저항 못 하고 납치됐으면 어떻게 되는 건데요?"

"마력이 있는 육체는 귀하니까, 용도에 따라 썼을 것입니다."

"어, 어떻게요?"

"시신을 이용했을 것입니다. 강력한 강령술이 되었을 거 같군요."

목덜미로 소름이 올라왔다.

솔은 그때 들었던 그들만의 대화를 떠올렸다. 그때도 살의가 가득했다. 이들이 거짓말을 하는 것 같지는 않았다.

이들은 마법 실력이 뛰어나 보였다. 흔히 각성자들이 쓰는 기예 정도가 아니었다. 체계를 완벽히 이해하고, 상황에 맞춰 변주할 줄 알았다.

'배워야 해. 강해져야 해.'

솔이 결심하고, 막 말을 꺼내려고 할 때였다. 로드가 손짓으로 멸룡도가의 환영을 흩뜨렸다.

"당신들을 멸룡도가에 넘길 순 없다. 그들에게 저항할 수 있도록 강해져라. 우리가 가진 모든 것들을 전수해주지."

솔은 타호를 힐끔 바라보았다. 타호는 고개를 끄덕였다. 솔은 멤버 하나하나와 눈을 맞췄다. 다들 반대하지 않았다.

솔은 로드가 있는 방향으로 돌아섰다.

"부탁드립니다."

솔이 긍정적인 반응으로 물꼬를 트자, 멤버들이 궁금한 점을 줄줄이 말했다.

"어떤 식으로 수련하나요?"

"어디로 가나요?"

"우리가 뭘 준비해야 하는 거죠?"

"최소 인터넷은 통해야 해요."

"우리 소속사와도 연락해 봐야 해요. 아, 그러고 보니까 실장님이 순순히 허락하실까?"

"설득해 봐야지."

솔은 로드를 보며 말했다.

"음. 보시다시피 당장 가긴 어렵고, 회사에 확인해야 할 게 많아서요. 저희가 다시 연락드려도 될까요?"

스타원은 단체로 로드를 바라보았다. 로드는 몇십 년 늙은 표정으로 한숨을 푹 내쉬었다.

"요구 사항을 취합해보지."

스타원은 하나같이 방긋 웃었다. 용의 일족 사람들은 자기

들끼리 수군거렸다.

"세상 것들이 독하다는데, 그게 맞나 봐요."

"저 정도는 아니라고 들었는데?"

그러자 비켄이 슬쩍 끼어들면서 말했다.

"우린 스타원이니까요. 안녕하세요, 당신의 별 스타원입니다!"

뜬금없는 아이돌 인사였다. 솔은 비켄의 어깨를 붙잡고 질질 끌고 갔다.

타호가 로드에게 말했다.

"앞으로 조율하려면 연락처를 알아야 하는데요. 용의 일족은 어떤 식으로 연락을 하나요? 비둘기라도 날리나요?"

로드는 한숨을 내쉬며 말했다.

"휴대폰, 번호."

아, 연락은 휴대폰으로 하는구나.

스타원은 고개를 끄덕였다. 역시, 그게 제일 편할 거 같긴 했다.

용의 일족이 사라지고 마법진도 거두어지자, 다시 환한 대낮의 휴게소로 돌아왔다. 시간이 한참 흐른 것 같았는데, 아까와 해의 기울기가 다름이 없었다.

멤버들은 상기된 얼굴로 밴을 타고, 늦은 저녁의 인터뷰 스케줄까지 모두 마무리했다.

솔은 피곤한 몸을 이끌고 밤중에 매니저 DK와 소속사로 가서 앞으로의 계획을 말했다. '마법을 더 수련하고 싶다, 모두의 안전을 위한 것이다'라고.

관계자들은 단독 행동은 위험하다며 솔을 말렸지만, 장장 세 시간여의 회의와 끈질긴 설득 끝에 소속사도 아티스트의 의견을 존중한다며 두 손 두 발을 다 들었다. 멤버들이 수련할 수 있는 스케줄을 겨우 뺀 솔은 숙소로 돌아와 소파에 몸을 기댔다.

'괜히 숨겼나…….'

'용의 일족'에 대해서, '멸룡도가'에 대해서 말하지 않으며 설득하느라 진이 빠졌다. 비켄은 울트라 빔을 솔에게 쏘아줬다. 솔은 손을 흔들었다. 고맙다는 표시였다.

타호가 엎드린 채 중얼거렸다.

"솔 형, 고생했어."

아비스가 볼이 발갛게 상기된 채 말했다.

“정말 기대된다. 드래곤 피크랬나? 그, 용의 일족의 성지랬지?”

비켄이 끄덕거리며 말했다.

“환상적인 곳일 거 같아. 거기서 수련하면 아비스 너도 더 엄청난 소환수들을 불러올 수 있으려나?”

유진이 무심하게 말했다.

“우선 시간과 장소는 내가 문의해놨어. 그런데 마침, 곧 우리 유럽 투어 하잖아. 그쪽이랑 가까운 곳에 있더라고. 좀 깊숙한 산 쪽이긴 한데.”

“오, 딱 좋네. 그런데 내비게이션에 찍힐지 모르겠네. 우리끼리 갈 수는 있는 건가?”

타호가 이어 말하자, 갑자기 매니저 DK가 조용히 말했다.

“그건 걱정하지 마. 내가 가는 길을 아니까.”

순간, 솔을 제외한 멤버 모두는 고개를 갸웃했다.

“매니저 형이 어떻게 알아요?”

비켄이 물었고, 솔은 눈을 가늘게 뜬 채 매니저 DK가 어떻게 대꾸하는지 가만히 지켜보았다. 이 맥락 없는 끼어듦을 어떻게 수습할지 궁금했다.

"아, 예전에 한번 근처에 지나가다가 본 것 같아서. 특이한 입구여서 그런가, 기억이 나네."

"……."

"아니, 그게 무슨……."

매니저 DK의 어설픈 변명에 분위기가 순간 어색해졌고, 유진의 눈썹이 한차례 꿈틀거렸다.

유진은 습격 이후로 상당히 예민해진 상태라 솔이 다급히 수습을 시도했다.

"아까 대표님 설득하러 갈 때 설명했어. 상의하지 않고 말해서 미안해."

"……."

모두의 눈이 매니저 DK에서 솔에게로 옮겨졌고, 솔이 뭔가를 더 말하려 할 때 유진이 낮은 목소리로 물었다.

"……믿어도 돼?"

매니저 DK를 믿어도 되냐는 건지, 솔의 말을 믿어도 되냐는 건지 불분명했지만 이상하게도 멤버들은 유진의 물음을 온전히 이해할 수 있었다.

"응……."

"……그럼 됐어."

안 그래도 습격 때나 사인회 때 매니저 DK의 '설명하기 어려운 도움'을 받아왔던 멤버들은 어느 정도 의심 아닌 의심을 하고 있었던 터라 유진과 솔의 대화를 통해 각자 생각에 빠져들게 됐고, 잠시 후 이 어색한 분위기는 아비스가 해결했다.

"라!"

"라?"

솔이 고개를 갸웃하자, 아비스는 눈을 질끈 감고 외쳤다.

"라, 라면 가지고 갈까? 한국인은 라면이지!"

그러고는 부끄러웠는지 부엌으로 냅다 달렸다.

"비상약은 내가 챙길게."

타호가 빙긋 웃으며 자신의 방으로 향했고, 그 모습을 보며 피식 웃은 유진도 짐을 싸러 방으로 들어갔다.

"이야, 일사천리네. 너희 어디서 굶어 죽진 않겠다."

"……제에에발, 형! 좀!"

솔이 이를 악물고 으르렁거리자, 매니저 DK가 머리를 긁으며 고개를 살짝 숙였다.

"미안하다."

고개를 저으며 한숨을 쉰 솔은 털썩 앉아 가방에 짐을 넣기 시작했다.

"……알면 됐어요."

"거기 가면 고생하게 될 거야. 아, 그리고……."

매니저 DK는 우물쭈물하다가 말을 이었다.

"그, 어쨌든 먼 길 가잖니."

"네."

"그러니까 이거 받아 가라."

매니저는 재킷 주머니에서 스마트 워치 다섯 개를 꺼냈다. 솔은 눈이 휘둥그레진 채 그것을 보았다.

"이거 우리 거예요?"

"그래."

솔은 바로 멤버들을 불렀다.

"다들 나와 봐! 매니저 형이 우리 선물 줬어!"

흩어져 있던 스타원은 순식간에 거실로 모였다. 작은 탁자에 민트색 스마트 워치가 다섯 개 놓였다.

"한번 차 봐."

다들 민트색 워치를 손목에 찼다. 타호는 워치의 전원 스위치를 누르며 말했다.

"민트색 스마트 워치는 처음 봐요. 그런데 예쁘네요."

"형, 고마워요."

"언제 이런 걸 준비하셨어요?"

"5개 사려면 비쌌을 텐데!"

"그거 태양열로 자동 충전되는 거라 배터리 충전할 필요도 없다. 그러니까 무슨 일 있으면 틈틈이 확인하고, 연락하는 거 잊지 마."

매니저 DK가 걱정 어린 목소리로 말했다. 그의 염려를 이해한 솔이 방긋 웃으며 말했다.

"걱정하지 마세요. 안 다치게 잘할게요."

매니저 DK는 한숨을 내쉬며 말했다.

"무릇 성장이란 다쳐 가며 하기 마련이니까."

전에 없던 다정하고 따스한 말투에 솔은 그를 다시금 빤히 바라보았다. 으레 하는 상투적인 걱정일 수도 있었지만 솔은 알고 있었다. 그냥 하는 말이 아니라는 걸.

"잊지 말렴. 너희는 뭐든 할 수 있어. 비록 단추를 잘못 끼웠다고 해도 포기하지 마라."

"매니저 형?"

아비스가 동그란 눈을 굴리며 묻자 매니저 DK는 담담히 말을 이었다.

"포기하면, 그걸로 끝이다. 하지만 뭐든 한다면 헤쳐 나갈 방법이 생기지.”

그러곤 조금 웃으며 덧붙였다.

“별을 좇으면 길이 생기지. 너희는 할 수 있을 거야.”

“오. 형, 감성적이시네요.”

비켄은 별 의심 없이 그를 추켜세워줬지만, 솔과 유진은 뭔가 이상하다는 듯 조용히 지켜보았다. 잘못 끼워진 단추. 그 이야기를 그는 어떻게 알고 있는 걸까. 어느 정도 매니저 DK에 대해 알 것 같았던 솔은 또다시 이 사람이 어떤 존재인지 궁금해졌다.

매니저 DK는 개의치 않는다는 듯 솔의 눈길을 피하지 않고 말했다.

“선한 자는 지혜롭고, 악한 자는 미련하다.”

“네?”

“……뭐, 그냥 알아두라고. 얼마 전에 어디선가 본 말인데, 캬. 좋더라.”

매니저 DK는 솔의 어깨를 토닥였다.

“오늘 이래저래 피곤할 텐데, 일찍 쉬어라.”

묻고 싶은 말이 목까지 차올랐지만, 솔은 목울대를 한 번 꿀렁여 집어삼켰다.

선부르게 알려 하면 되레 탈이 날 수도 있었다. 시간이 해결해 주기를 기대하며, 그리고 다가올 드래곤 피크에서의 수련을 기대하며 솔은 겨우 잠을 청했다.

그로부터 사흘 뒤, 스타원은 런던 도심에서 한참 깊숙이 들어가는 숲길을 따라 안내받은 장소를 향해 달렸다. 나무들로 빼곡한 숲길을 한참 뱅뱅 돌았던 것 같은데, 어느새 고풍스러운 중세 양식의 건물 입구 앞에 도착했다.

"기다렸습니다, 운명의 소년들이여!"

매니저 DK가 내려 준 드래곤 피크의 입구로 들어서자, 하얀 망토를 걸친 웬 자그마한 어린아이가 그들을 맞이해주었다.

아이는 팔짝팔짝 뛰면서 손을 흔들었다. 아이는 신나 보였지만, 스타원은 살짝 당황했다.

"아이잖아."

"어른들은 왜 안 나오고……. 그 형님들 다들 바쁜가?"

"애를 왜 혼자 내보낸 거지? 위험한데."

스타원의 걱정을 아는지, 아이는 볼이 발그레했다.

“만나서 반갑습니다! 주디라고 불러 주세요! 먼 길 힘드셨죠? 일단 절 따라오세요!”

스타원은 아이가 이끄는 대로 오솔길을 따라 걸었다.

제 19 화

이상한 곳

아이는 밝게 웃으며 스타원을 안내했다.

통통 튀는 듯한 주디의 경쾌한 발걸음을 따라 걷자, 엄청난 광경이 눈앞에 펼쳐졌다. 주위를 둘러본 솔은 탄식을 내뱉었다.

"와……."

끝나지 않을 것 같은 긴 성벽이 그들의 앞을 가로막고 있었다. 회색빛 돌벽 가운데, 하얀 아치형의 거대한 성문이 웅장하게 자리했다. 성벽 너머로는 새파란 하늘 위로 삐죽 솟은 첨탑이 눈에 들어왔다. 첨탑의 꼭대기를 눈으로 좇자, 환한 햇살 덕에 눈이 부셨다. 눈을 조금 찌푸린 채 응시하자, 그 위에는 파란색 깃발이 세차게 펄럭이고 있었다.

솔은 성벽을 따라 오른쪽으로 조금 걸어보았다. 단단한 벽 너머, 건물들의 머리끝이 조금씩 보였다. 부서진 곳을 수리한 듯 새로 칠한 흔적이 곳곳에 보였다.

왕과 기사가 있던 중세 시대의 한 나라로 떨어진 듯, 현실감이 들지 않는 고성(古城)이었다.

주디는 마음껏 구경하라는 듯 잠시 발걸음을 멈추고 빙그레 웃고 있었다.

멤버들이 각자 멍하니 감탄하고 있는 가운데, 타호가 한 곳을 향해 달려가며 말했다.

"형, 여기 해자도 있어. 나, 이거 처음 봐."

솔이 되물었다.

"해자가 뭐야?"

"성벽 둘레를 따라 빙 둘러서 물을 채우고 못을 만든 거야."

"신기하네. 그럼 성 안으로는 어떻게 드나들어?"

"도개교를 내리지. 나도 영화에서나 봤던 건데, 실제로 보니까 신기하다."

솔과 타호가 신기한 듯 말하자, 주디가 빙긋 웃으며 말했다.

"이곳은 용의 일족의 요새니까요. 늘 습격에 대비해야 해요."

주디의 말에 고개를 끄덕거리다 아비스가 아래를 가리키며 말했다.

“어? 이런 꽃은 처음 보는 것 같은데. 형들은 본 적 있어?”

확실히 주변에서 쉬이 보던 익숙한 꽃은 아니었다. 하얀 종 같은 모양새의 봉오리 안에 피처럼 붉은 꽃잎이 한 꺼풀 더 있었다.

“이 앞까지만 왔는데도 뭔가 세상과는 확연히 다른 느낌이야.”

유진이 조용히 읊조렸다. 다른 멤버들도 성이 주는 위압감에 압도된 듯 긴장한 기색으로 마른침을 삼키고 있었다. 하지만 모두들 의지를 다시 한번 다지는 듯 눈에 힘을 준 채 주먹을 꼭 쥔 채였다.

“그럼, 주디. 안으로 안내해줄래?”

솔이 상냥하지만 무게감 있게 부탁하자 주디는 고개를 세차게 끄덕였다. 그러곤 성문 앞에 서서 술식을 외웠다. 그러자 그들의 키의 10배는 되어 보이던 철옹성 같은 성문이 끼익 소리를 내며 열리기 시작했다.

안으로부터 불어오는 세찬 바람에 모두들 잠시 휘청거리다 천천히 발을 들였다.

스타원이 임시로 머물 거처는 생각보다 굉장히 넓은 곳이었다. 하지만 그곳까지 가는 길은 상당히 복잡했다. 성문으로 들어와 긴 오솔길을 걸은 후 중간 쪽문을 지나, 오른쪽 복도로 꺾은 다음 나선형 계단을 올라가야 했다.

그런 마음을 이해한다는 듯, 주디는 약도까지 그려가며 열심히 설명해주었다.

"정 헷갈리시면 41이라고 쓰여 있는 번호판만 기억하세요. 다른 문은 함부로 열지 마세요."

"왜?"

"이상한 게 있을지도 몰라요. 저주받은 무구를 건들면 큰일이 나요!"

주디는 계속 스타원에게 이것저것 당부했다.

"밤에 함부로 돌아다니지 마세요. 요정과 마주쳤다가 못된 장난에 걸릴 수도 있으니까요."

"그러면 어떻게 되는데?"

"눈이 안 보이거나, 이상한 곳에서 평생 헤맬 수도 있어요."

짓궂은 정도가 아니었다. 장난으로 치부하기에는 좀 심각했다.

멤버들이 당황해하는 건 안중에도 없다는 듯, 주디는 해맑게 숙소 안을 돌아다녔다.

"이 방에서 머물면 돼요! 일단 불부터 피울게요."

주디는 벽난로에 장작을 넣고 호 불었다. 바로 붉은 빛이 타닥거리며 퍼져 나갔다. 금세 퍼져나가는 훈훈한 온기를 느끼며 솔이 숙소를 둘러보았다.

"자, 여기 방이 딱 다섯 개야. 각자 하나씩 사용하면 되겠다."

"알았어."

"오케이!"

비켄과 아비스가 제일 먼저 짐을 들고 마음에 드는 방을 향해 달려갔다.

멤버들이 각자 뿔뿔이 흩어져 방을 하나씩 고르자, 솔도 이미 뭉친 듯한 어깨를 주무르며 캐리어를 집어 들었다.

보글보글.

멤버들은 대강 짐 정리를 마친 뒤 거실에 옹기종기 모였다.

주디가 피워 놓은 벽난로에 작은 솥을 하나 걸어 놓고 물을 끓이고 있었다. 물이 끓어오르자 주디는 정체를 알 수 없는 재료를 열심히 넣기 시작했다.

한약 냄새인 듯 아닌 듯, 특이한 냄새가 방 안을 가득 채웠다. 스타원은 애꿎은 코를 만지며 서로를 바라보고 눈짓했다.

"특제 주디 수프예요! 몸에 좋은 게 잔뜩 들어갔어요. 운명의 소년들은 여독을 풀어야 하니까요!"

국자로 솥을 한 바퀴 저으며 신나서 말하는 주디의 목소리에 누구도 선뜻 입을 열지 못했다. 주디가 간을 보듯 수저로 수프를 한입 떠서 맛보았다. 인상을 조금 찌푸리며 정체불명의 재료를 더 넣으려는 주디를 본 솔은 화제를 돌리려 황급히 다른 말을 꺼냈다.

"주, 주디! 그나저나, 여기 시간은 바깥세상과 얼마나 달라? 저번에 마법세계에서는 시간이 좀 다르게 흐른다고 했던 것 같아서 말이야."

"아차! 그걸 말씀 안 드렸군요. 로드께서 다 미리 안배해두셨습니다. 너무 걱정 마세요!"

주디는 앞치마 주머니에서 자그마한 회중시계 다섯 개를 꺼냈다. 그러고는 멤버별로 하나씩 안겨줬다.

“가운데 있는 버튼을 누르면, 각각의 시곗바늘이 움직여요. 눌러 보세요. 빨간색 시침은 속세의 시간, 파란색 시침은 현재 있는 이곳의 시간을 표시해 줘요.”

그 말을 들은 타호는 회중시계의 버튼을 계속 눌러보았다. 그러다 문득 손목에 찬 스마트 워치가 눈에 띄었다. 매니저 DK가 준 민트색 시계였다.

‘이건 여기 시간은 표시 안 해주겠지?’

타호는 혹시나 해서 스마트 워치의 액정을 터치했다. 그러다가 엄청난 것을 발견했다.

“다들 스마트 워치 좀 봐!”

회중시계의 빨간색 시침이 가리키는 시각과, 스마트 워치에 띄워진 시각이 같았다. 액정을 한 번 터치하자, 이번엔 파란색 시침의 시각과 같아졌다. 우연의 일치인지 확인해 보려 5분 정도 더 기다렸지만, 정확히 일치했다.

“주디야, 네가 준 회중시계 필요 없겠다. 이게 더 편해.”

“네? 아니, 그럴 리가 없어요. 중첩 지역의 혼란한 시간 축을 분석하는 건 용의 일족이 설계한 복잡한 술식이 아니라면 불가능하다고요!”

주디가 빼액 소리를 지르자, 타호가 어깨를 들썩이며 말했다.

"현대의 기술을 얕보지 말라고."

비켄이 동조하며 워치 화면을 주디에게 보여주었다. 주디는 믿을 수 없다는 듯 눈만 깜빡였다.

유진이 의아한 듯 갸웃거리며 말했다.

"진짜네. 이거 매니저 형이 준 건데, 어떻게 가능하지?"

아비스도 유진의 말에 고개를 끄덕였다.

"그러게, 마치 미리 알았던 사람처럼. 좀 이상하긴 하네."

솔은 손목에 찬 스마트 워치를 바라보았다.

이전부터 수상한 점이 많다고 생각은 해왔지만, 주디의 격한 반응을 보면 알 수 있듯이 이번엔 정말 우연이 아니었다. 매니저 DK의 정체가 무엇인지 이젠 정말 피하지 않고 알아내야 할 때였다. 다만, 지금 당장은 아니라는 생각이 들었다.

"차차 밝히자."

솔이 말하자, 아비스는 대수롭지 않다는 듯 고개를 끄덕였다.

"그래? 뭐든 이건 필요 없겠다. 가져가, 주디."

아비스는 맑게 웃으면서 회중시계를 주디의 손목에 걸쳐줬다. 유진은 앞치마에 넣어줬다. 비켄은 손에 꼭 쥐여주면서, 작은 초콜릿 조각까지 아이의 입에 넣어줬다.

"세, 세상 것을 제 입에 함부로 넣지 마세요!"

"아, 미안. 알러지 있어? 뱉어도 돼."

"일단 그런 건 없어요! 아! 먹으면 안 되는데! 어라? 이거 왜 녹아요! 앗! 먹어버렸다! 어?"

주디는 스타원이 반납한 회중시계를 쥔 채 볼을 발그스름하게 붉혔다.

"이거 뭐예요?"

"맛있지?"

"엄청 맛있어요. 이렇게 맛있는 거 처음 먹어 봐요."

"초콜릿을 처음 먹어 보다니. 그 하얀 망토 형님들 너무한데?"

주디는 초콜릿을 오물오물 씹어 넘겼다. 비켄은 초콜릿 조각을 다시 건네줬다.

"방에 많아. 이따 더 줄게."

"감사합니다."

"뭘."

비켄은 주디의 머리를 쓰다듬었다. 한참 초콜릿을 음미하던 주디는 애써 주먹을 불끈 쥐었다.

"아, 마, 맛있는 걸 줘도 저는 사명을 다해야 해요. 약속의 소년들. 자, 이걸 또 받으세요."

주디는 입가에 초콜릿을 묻힌 채 앞치마 주머니에서 또 뭔가를 꺼냈다.

'어라? 주사위?'

주디는 파란색 주사위를 꺼내 들며 말했다.

"이 주사위를 사용해서 드래곤 피크 안을 이동할 수 있어요."

"뭐? 아니, 순간이동이라도 할 수 있는 거야?"

비켄이 휘둥그레진 채 물었다. 타호도 양손으로 뺨을 가리며 감탄했다.

"말도 안 돼!"

솔은 눈을 가늘게 뜨며 주머니 속에 손을 넣었다.

주사위라.

여전히 따스한 온기가 느껴졌다. 주디의 작은 손에 올려진 주사위를 보자, 왠지 매직 아일랜드의 점술관이 떠올랐다. 그러고 보면, 간판에 파란 주사위 그림이 그려져 있었다.

점술관, 민트색 주사위, 드래곤 피크의 주사위까지. 과연 우연의 일치일까……?

이런 솔의 생각을 아는지 모르는지 주디가 말을 이었다.

“귀한 거니까 조심히 다뤄 주세요. 우리도 몇 개 없거든요. 드래곤 피크 안에서 일반적인 곳들은 걸어서도 갈 수 있지만, 더 깊게 중첩된 곳일수록 주사위를 통하지 않으면 갈 수 없어요.”

주디는 주사위를 조심스럽게 쓰다듬었다.

“이건 용의 의지가 담긴 주사위여서, 주사위를 굴리면 예정된 곳으로 여러분을 직접 인도할 거예요.”

타호가 물었다.

“주사위를 언제 굴리면 돼? 어떤 곳인지 궁금하다.”

“우선 식사부터 하셔야 할 것 같아요. 옷도 갈아입어야 하고요!”

“우리가 입고 온 옷이면 안 돼?”

“마법을 수련하러 가는 거잖아요. 불, 물, 눈에 강한 걸 입어야죠!”

“그렇구나. 그런데 갈 때 주사위로 이동하면 올 땐 어떻게 해?”

“주사위를 다시 굴리면 되죠.”

“만약 주사위를 잃어버리면?”

“큰일 나요. 이계에서 길을 잃으면 영영 돌아오지 못하게 돼요. 절대 잃어버리면 안 돼요.”

주디가 엄정히 말하자, 솔이 물었다.

“조심할게. 그런데 이 주사위 말이야. 망가지지는 않아?”

“꼭 지켜야 할 금제만 지키면 절대 망가지지 않아요. 카카오 열매란 게 있는데, 그거랑 닿으면 안 된다고 들었어요. 그게 뭔진 한 번도 본 적이 없지만요. 드래곤 피크에는 그런 나무가 없어서 안심해도 돼요!”

순간 침묵이 감돌았다. 주디의 입가와 손에 갈색 흔적이 그들의 시선을 빼앗았다.

“어, 일단…….”

솔은 허둥지둥 주디에게 말했다.

“주디야, 손 닦자.”

“왜요? 운명의 소년들은 열매 같은 거 가져오지 않았잖아요.”

“아니, 그렇긴 한데…….”

“비켄아. 그거 봉지 좀 확인해 봐. 카카오 없을 수도 있잖아. 요즘 그런 초콜릿도 많다던데?”

비켄은 서둘러 초콜릿 성분을 확인했다.

“이건 들어가 있는데? 어쩐지 진하고 맛있더라.”

“가, 가공품은 괜찮을 수도 있잖아.”

솔은 주디가 든 주사위를 바라보았다. 그때였다. 주디의 손에 있던 주사위가 회색빛 연기를 내뿜었다.

“어? 아! 안 돼!”

“이, 이런…….”

주디의 손에 있는 주사위가 순식간에 재가 되었다. 솔은 이마를 짚었다. 아무래도 드래곤 피크에 오자마자 사고를 거하게 친 것 같았다.

제 20 화
패밀리어

주디는 재가 된 주사위를 믿을 수 없는지 눈만 깜박였다.

"주디야, 미안."

"가공품도 되는 거구나."

비켄이 허무하게 말했다.

"주디야, 정신 차려."

유진이 주디의 가냘픈 어깨를 붙잡고 말했다.

주디의 커다란 눈에 물기가 어렸다. 솔은 조심스럽게 주디의 손을 잡았다. 아이는 바닥에 떨어진 재를 보며 몸을 부들부들 떨었다.

"이, 일족의 보물이!"

닭똥 같은 눈물이 볼을 타고 뚝뚝 떨어졌다. 스타윈은 아무 말도 하지 못했다.

“으아아아앙! 잘못했다고 또 벌 받을 거야! 벌 받기 싫은데! 이 주사위는 우리 용의 일족에도 몇 개 없는 귀한 건데!”

“주디야, 미안해.”

“크아앙! 벌 받기 싫어!”

“우, 우리가 망가트렸다고 할게.”

아비스가 주디의 등을 토닥이며 말했다. 뭔가 가혹한 처벌이 있는 듯했다. 그게 두려웠던 거였는지, 정신없이 울던 주디의 울음소리가 아비스의 말에 점차 줄어들었다. 그것을 눈치챈 스타원은 눈빛을 주고받으며 한마디씩 말을 얹었다.

“주디야. 진짜 우리가 했다고 할게. 그러면 혼나지 않을 거야.”

“맞아. 그 로드인가? 그 아저씨에게 절대 주디 혼내지 말라고 할게.”

“맞아. 맞아.”

솔에 이어 타호, 비켄까지 안아주며 말하자 주디는 눈가를 비비며 탈진한 듯 소파에 털썩 주저앉았다. 비켄은 뭔가 방법이 없는지 살피려 주위를 두리번거리다 가방에서 뭔가를 꺼내 가져왔다.

“하도 울어서 목마르지? 이것 좀 마셔봐. 맛있어.”

딸기 우유였다. 비켄은 조심스레 뚜껑을 열고 빨대를 꽂아 입에 물려줬다. 주디는 히끅거리면서도 쫍쫍 소리를 내며 열심히 우유를 마셨다.

주디가 조금 진정된 듯하자 타호가 부드럽게 물었다.

"주디야. 다른 주사위는 없어?"

"없어요. 귀한 거라고요. 그게 없으면, 운명의 소년들은 어디로도 갈 수 없어요."

그때, 유진이 말했다.

"솔아, 너 주사위 있잖아."

"아. 모양은 비슷하지만, 그 주사위랑은 색이 달라."

솔은 주머니에서 주사위를 꺼냈다. 민트색 주사위는 여전히 영롱하게 빛났다.

주디는 주사위를 보며 눈을 깜박였다.

"어라? 제게 한번 줘 보세요."

주디는 조심스럽게 주사위를 받았다. 그러고는 부은 눈을 감았다.

얼마나 그렇게 있었을까. 주디는 주사위를 신기한 눈빛으로 바라보았다.

"이거, 마력이 있어요."

"어, 그래? 솔 형, 이거 뭐야?"

"그냥 내가 가지고 다니는 건데……."

솔이 말을 얼버무리자, 유진이 날카롭게 쳐다보며 똑똑히 말했다.

"악몽에서 널 구해줬는데 어느 순간 현실에서도 나타났다며. 한 번 잃어버렸는데 다시 돌아오기도 했고 말이야. 너에게 꽤 의미 있는 거 아니야?"

솔이 고개를 끄덕였다.

"하지만 순간이동이니 뭐니 그런 대단한 능력은 없는데……."

그때, 주디가 솔의 말을 끊고 화색이 돈 채 말했다.

"이거, 점점 마력이 강하게 느껴져요. 오히려 아까 그 주사위보다…… 뭐랄까, 단단한 심지가 있는 것 같아요! 잘만 다듬으면 이동 마법도 충분히 가능할 것 같아요!"

솔이 멍해 있는 사이, 유진이 말했다.

"그럼, 우리 이 주사위로 실험해보자."

주디는 갑작스런 결정에 확신이 안 서는 듯, 잠시 두 손을 모아 주사위를 잡고 머뭇거렸다.

"하지만, 음……. 나쁜 공간으로 데려가면 어떡해요."

"괜찮아. 주사위 없어졌다고 말하면 주디 네가 혼나잖아."

타호가 달래듯 말하자, 주디는 몸을 움찔하며 잠시 주저했다.

"그럼, 수프를 드시는 동안 제가 이 주사위의 마법 술식을 좀 매만져볼게요."

"휴, 그래. 일단 옷을 줄래? 시간이 없어."

솔도 한숨을 한 번 쉬고 재촉하듯 말하자, 주디는 알았다는 듯 몸을 움직였다.

"수, 수프 먼저 드시고 계세요! 옷도 금방 가지고 올게요."

주디가 차려준 괴상한 수프를 마시듯 삼킨 스타원은 옷을 갈아입고 거실 중앙에 빙 둘러섰다. 주디가 조금 떨리는 목소리로 말했다.

"다행히 이동 마법을 걸 수 있었어요. 목적지로 잘 갈 수 있을진 모르겠지만…… 우선, 여기 이 카펫 위로 모두 올라가주세요!"

타호는 신기한 듯 바닥을 바라보았다. 평범한 카펫 무늬 위에 희미하게 빛나는 마법진이 보였다.

"주사위로 여러 명이 이동하는 법을 알려드릴게요. 누가 주사위를 굴리실 건가요?"

솔은 바로 한 발짝 나왔다.

"내가 할게."

"그럼 다른 분들은 솔 님의 팔을 잡으세요. 옷 위를 잡지 마시고, 맨살을 잡아야 해요."

솔은 소매를 걷어붙여 맨살이 드러나게 했다. 모두 솔의 팔을 붙잡았다.

"솔 님은 주사위를 허공으로 던졌다가 잡으세요. 그러면 이동이 돼요. 돌아오실 때도 이렇게 하시면 돼요!"

뭔가 쉬워 보이기도 하고, 어렵기도 했다. 솔은 고개를 끄덕이며 민트색 주사위를 살짝 허공으로 던졌다가 잡았다.

무슨 일이 벌어질까.

스타원은 두근거리는 마음으로 기다렸다. 하지만 아무것도 변한 게 없었다.

멤버들 모두 당황한 눈으로 주디를 바라보며 다시 주사위를 던져 봐야 하는지 물어보려고 할 때였다. 갑자기 누군가 잡아끄는 듯, 몸이 허공으로 붕 떴다. 순식간에 주변이 암전되며

세찬 바람이 불어 와 피부를 때렸다.

어디론가 빠르게 이동하는 바람에 소리조차 지르기 힘겨웠다. 머리카락이 얼굴을 때렸다. 눈조차 뜨고 있기 힘들었다.

모두 솔의 팔을 꽉 잡은 채 얼마간 있었을까, 시야가 환해지며 거짓말처럼 바람이 멈추었다.

어느새 멤버들은 땅을 디디고 서 있었다. 원형 경기장의 정중앙이었다. 콜로세움과 비슷한 모양새의 벽면이 빙 둘러 있었다. 정해진 목적지로 잘 온 건진 모르겠지만, 공간이 주는 압도감이 왠지 이곳이 맞다고 알려주는 듯했다.

그때였다. 경기장 입구에서부터 회색 망토를 걸친 한 남자가 걸어왔다.

탁-.

남자는 경기장 중간, 스타원의 앞까지 다가와 섰다. 나무 지팡이를 일(一) 자로 들어 허리를 숙이고 정중하게 인사했다.

"반갑습니다. 저는 여러분에게 마법의 기초를 가르쳐드릴 사람입니다."

남자는 고개를 들고 후드를 젖혀 한 명 한 명 눈을 마주쳤다. 창백한 피부에 외알 안경을 낀 남자였다. 왠지 모르게 차갑고 심술궂어 보이는 인상이었다.

그가 허공에 손짓하자, 투박한 나무 의자 몇 개가 허공에서 날아왔다.

"바로 수업을 시작하죠. 갑자기 마법을 사용하게 되어서 제대로 배우고 익힐 시간이 없었을 것으로 생각합니다."

"맞아요! 뭐가 뭔지 하나도 모르겠어요."

타호가 여느 때와 같이 학구열을 불태우자 남자는 차근차근 말했다.

"우선은 첫 수업인 만큼 가장 기초이자 중요한 것부터 알려드리죠. 마법. 마법이란 무엇일까요? 뭐든 할 수 있을 듯하지만, 어느 것도 할 수 없기도 합니다. 완벽한 재능인 동시에 치열한 노력이기도 하죠. 꽤나 모순적이에요."

추상적인 말에 다들 단어들을 곱씹고 있자, 남자는 멤버들을 둘러보며 물었다.

"그럼, 문제를 하나 드릴 테니 맞춰 보시죠. 마법 능력이 강해지려면 어떻게 해야 할까요? 음, 제일 왼쪽 분."

유진이 말했다.

"노력?"

"좋은 의견입니다. 열심히 노력해야죠. 하지만 그것만으로는 부족합니다. 음, 이번엔 제일 오른쪽 분?"

타호가 지목당하자 잠깐 고민하더니 말했다.

“의지 아닐까요?”

“어이구.”

남자는 제법이라는 듯 추임새를 넣더니 씩 웃으며 말했다.

“다들 감이 좋으시군요. 의지도 반드시 필요합니다. 여기에 ‘간절함’까지 더해지면 마법의 위력은 더 강해지죠. 보통 서약을 통해 발현되곤 합니다. 자, 이제 하나 남았군요. 이건 제가 말씀드리겠습니다. 요즘엔 잘 안 쓰는 방법이긴 합니다만…….”

남자는 잠시 뜸 들이더니 말했다.

“넘겨받는 방법도 있습니다. 양도가 가능하죠.”

이건 상상도 못 했었다. 세상에도 마법이 거래할 수 있는 것이라는 말은 어디에도 없었다.

“이제는 쓸 수 없는 방법이긴 하지만요. 고대에서부터 전해져 오는 전설인데, 누구도 그 정확한 방법은 모릅니다.”

남자는 그러다 뭔가 깨달았다는 듯 눈을 치켜뜨더니 물었다.

“그러고 보니, 여기 소환사가 있다면서요?”

아비스가 손을 들었다.

"네, 저예요."

"진귀한 능력을 지녔군요. 강한 소환수를 부르고 싶으면, 의지로써 부르면 됩니다. 더 간절하게, 더 구체적으로 바랄수록 성공할 확률이 올라가죠."

알쏭달쏭한 말이었다. 본 적도 없는 대상을 어떻게 구체적으로 그려내며 부르라는 말인지. 다들 고개를 갸웃거릴 때, 아비스가 말했다.

"왠지 조금은 알 것 같아요. 저번에 습격당했을 때, 강한 아이가 오기를 간절히 바라니까 왔었거든요."

"역시 운명의 소년들이어서 그런지 감이 좋군요. 그럼 한 발짝 더 나아가 봅시다. 옆에 있는 각자의 소년들과 이미지가 맞는 환수를 소환해 보십시오."

아비스가 멤버들을 쭉 훑어보았다.

"이미지를 더하는 훈련입니다."

"으, 음……."

아비스는 눈을 감았다. 잠시간 집중하는 듯하자, 아비스의 주변으로 하얀 빛무리가 이리저리 움직였다. 빛은 한 곳으로 점점이 응축되었다가 확 퍼졌다.

그렇게 빛이 완전히 사라지자, 환수의 모습이 드러났다.

각자의 무릎 정도까지 오는 자그마한 환수들이 눈을 동그랗게 뜬 채 멤버들을 바라보고 있었다.

"귀, 귀엽다. 얘네, 뭘 먹고 이렇게 귀여워?"

비켄이 눈을 빛내며 말했다. 한 번에 다섯이나 소환해서 지쳤는지, 아비스는 의자에 털썩 주저앉았다. 그러곤 기운 없이 중얼거렸다.

"형들과 비슷한 이미지를 상상하면서 불러내봤어."

이내 적응했는지 각각의 소환수들은 이리저리 움직였다.

"누가 누군진 알려줘야지!"

타호가 물었지만, 금세 각자 주인을 알게 되었다. 하얀 몸에 초록색 머리를 가진 새 한 마리는 아비스가 마치 어미 새라도 되는 양, 그의 품에 안기려 날아들었다.

"각자 맞춰 봐."

그때, 비켄이 알겠다는 듯 고개를 크게 끄덕이더니 조롱박처럼 생긴 곰을 안아들었다. 몸은 조롱박처럼 둥글고 아담한데, 곰의 얼굴이었다. 간간이 엉덩이 쪽으로 커다란 이빨이 보였다. 비켄이 곰을 한쪽 어깨에 걸치자 자신의 자리가 맞다는 듯 털을 부벼 댔다.

"어, 형. 맞췄어! 그 애 맞아."

곰은 신난다는 듯 비켄의 머리카락을 덥석 물었다.

"아, 아야! 야, 그거 먹을 거 아니야!"

"조롱박 곰이군요."

비켄이 당황해하는 건 아랑곳 않은 채 남자는 흥미롭다는 듯 지켜보며 말했다.

"배타적인 소환수로 알고 있는데, 꽤나 친근함을 표시하는군요. 귀여워 보이지만, 조심하셔야 할 겁니다. 소환수는 단시간에 마음을 열지 않아요."

솔은 곰을 비켄에게서 살짝 떼어주며 남자를 바라보았다.

"하지만 마음을 열고 친해진다면 누구보다 든든한 전투 파트너가 될 겁니다. 그러니 같은 편으로 만들어보세요."

그때 솔은 다리 근처에서 자신을 올망졸망 올려다보고 있는 토끼 한 마리를 발견했다.

제 21 화

각자의 종족

솔은 쪼그리고 앉아 토끼를 닮은 소환수와 눈을 마주쳤다. 머리에는 사슴뿔이 예쁘게 돋아나 있었다. 솔은 손을 뻗어 조심스레 토끼를 품에 안았다. 토끼는 입을 오물거리며 몸을 떨었다. 잘은 모르지만, 지금 기뻐하고 있다는 게 느껴졌다.

"난 얘 같은데?"

자그마한 몸을 조금 쓸어 주고 있자, 남자가 힐끔 보며 말했다.

"볼퍼팅어라는 생명체입니다."

"안녕, 난 솔이야."

솔이 토끼의 손을 조물조물했다. 너무 귀여워서 웃음이 절로 나왔다.

"나는 얘 같아."

그때, 유진이 한 마리를 손가락으로 가리켰다.

“고, 고양이? 아니. 살짝 야생스러운 게 삵 같다.”

유진은 고양이를 닮은 소환수와 눈을 맞췄다. 그러고는 눈을 천천히 감았다가 크게 떴다.

“형, 애가 아무리 고양이 닮았다지만, 눈인사하겠어?”

“하는데?”

소환수는 그에 응답하듯 눈을 깜박였다. 완벽한 고양이 인사였다.

“지, 진짜네?”

유진은 싱긋 웃으면서 손을 뻗었다. 소환수는 유진의 손바닥에 볼을 비볐다.

외알 안경을 낀 남자가 말했다.

“쟁입니다. 귀여운 녀석이긴 한데…….”

뭔가 말을 흐렸다. 유진은 소환수의 등을 긁어주면서 물었다.

“왜요?”

“전투할 때 모습이 변합니다. 크기도 커지고요. 좀 포악합니다.”

유진은 쟁을 힐끗 봤다.

"이 녀석, 갈수록 내 취향이네."

유진은 만족스러운 듯, 쟁의 엉덩이를 두들겨줬다. 쟁도 유진의 손길이 좋은지 골골거리며 유진의 다리에 몸을 비볐다.

어느새 타호의 어깨에도 자그마한 몸집의 청설모가 위풍당당하게 자리 잡고 있었다. 남자는 믿을 수 없다는 듯 그 광경을 바라보다가 말했다.

"이 소환수들에겐 정식 명칭이 있습니다. '패밀리어'로, 반려환수라고도 할 수 있겠네요. 점점 친밀감을 쌓고 훈련할수록 각 주인들과 의식을 공유할 수 있는 사이가 되죠. 전투 시 명령하지 않아도 알아서 적들을 제압할 겁니다. 주인이 지닌 마력과 동기화해서 마법을 쓸 수도 있고요. 하지만, 상성이 정말 잘 맞아야 할 수 있는 고난도의 작업입니다."

"잘 맞을 거예요. 아비스가 직접 우리 멤버들을 떠올리며 소환해 준 거니까요. 아, 얘 이름은 뭐예요?"

타호가 어깨의 청설모를 손가락으로 가리키며 물었다.

"라타토스크입니다."

"넌 이름이 좀 어렵구나. 그나저나 아비스, 네 새도 정말 귀엽다."

"맞아. 그런데 이 새 어디서 많이 본 거 같지 않아?"

"아비스가 자주 소환하는 새잖아."

비켄이 끄덕거리자 남자는 외알 안경을 고쳐 쓰며 말했다.

"이 새를 예전에도 소환한 겁니까?"

"네. 제 부름에 자주 응답하는 아이예요."

"대단하군요. 쉽게 부를 수 없는 소환수인데요. 그런데 이 작은 모습에 속으면 안 됩니다. 굉장히 힘이 좋은 녀석이에요. 타와키라고 부르면 됩니다."

아비스가 초록색 머리를 쓰다듬으며 물었다.

"외향이 변하는 건 알았지만, 힘이 좋다고요?"

"주인과 교감하고 마력을 동기화할수록 커지고 힘이 강해집니다. 고대에는 물건을 나를 때 쓰기도 했다고 해요. 자, 그럼 각자의 소환수를 찾았으니, 본격적으로 교감을 시작해 볼까요?"

시간이 얼마나 흘렀을까. 중천에 떠 있던 해가 지고 밤을 새워, 다시 해가 차오르는 동안 멤버들은 패밀리어와의 교감에 힘썼다. 졸린 것도 잊은 채 시간 가는 줄도 모르고 노는 듯이 훈련시켰다. 자신들을 반긴다는 걸 알아서일까, 패밀리어들도 화답하듯 각자의 주인 곁에 꼭 붙어 떨어질 기색이 없었다.

지금은 경기장 한켠에 마련된 휴식실에서 잠시 눈을 붙이고 있었다. 흔들의자에 앉은 비켄과 조롱박 곰은 서로의 온기에 의존한 채 품에서 잘 자고 있었다.

솔은 그 옆에 앉아 스마트 워치를 보았다. 이곳에 온 지 벌써 24시간이나 지났지만, 바깥세상의 시간은 3시간도 채 지나지 않아 있었다.

타호는 깨어 있는 솔의 옆에 와 슬며시 앉았다. 목소리를 낮추고 말을 꺼냈다.

"그런데, 주디는 괜찮으려나. 주사위 망가뜨렸잖아."

"그러게. 어린앤데 너무 겁에 질려 하니까 안타깝더라. 무슨 대우를 받는 건지……."

솔이 말하자, 타호가 속삭였다.

"우리를 괴한들에게서 구해줬을 땐 마냥 착한 분들인 줄 알았는데 말이야. 대화해볼수록 뭔가 수상해. 어딘지 모르게 거만하고, 숨기는 게 많은 것 같달까."

어느새 유진도 깼는지, 쟁의 털을 쓰다듬으며 말했다.

"너무 믿지는 말자. 알게 된 지도 얼마 안 된 사람들이니까."

솔은 말없이 볼퍼팅어의 앞발을 만지작거렸다. 너무 많은 일이 있어서일까. 이젠 어디에든 의심 없이 푹 기대고 싶은 마음이었다.

'그래도 나쁜 일만 있었던 게 아니니까…….'

볼퍼팅어의 귀가 펄럭거렸다. 그 모습이 귀여워서 솔은 조금 웃었다.

"너도 만났고 말이야."

볼퍼팅어는 졸린지 눈이 반쯤 감겨 있었다. 솔은 소환수를 고쳐 안으며 오지 않는 잠을 억지로 청해보려 눈을 감았다. 정말, 이상한 날이었다.

매끈한 대리석 바닥에 하얀 입김이 서렸다. 차디찬 바닥에 이마를 대고 엎드려 있느라 온몸이 비명을 질러댔지만, 주디는 꼼짝도 하지 않고 조용히 분부를 기다렸다.

그 모양새를 하대하듯 바라보던 외알 안경의 남자는, 눈앞의 로드를 향해 고개를 한 번 숙인 뒤 말했다.

"성장이 놀랍습니다. 우리 일족이 백여 년에 걸쳐 익힌 걸 숨쉬듯 자연스레 받아들입니다."

"운명의 소년들은 다르긴 한가 보군."

"예. 질투가 날 정도입니다."

"질투라……."

로드는 느릿하게 말을 이었다.

"도구에게 질투를 하다니, 어리석군. 뭐, 그들의 성과가 좋으면 우리에게도 좋은 일이지."

로드는 단호하게 말했다.

"마법에 관한 건 충분히 가르쳐라. 그들이 멸룡도가의 손에 들어가면 우리의 고된 염원이 수포가 된다."

"네. 로드."

"가봐라."

발걸음 소리가 멀어졌다. 주디는 이마가 너무 아팠지만 자세를 끝까지 유지했다. 그러자 드디어 기다렸던 말이 들렸다.

"고개를 들어라."

"네."

주디는 천천히 고개를 들었다.

"특이사항은?"

"숙소에 짐을 풀고, 수프를 드셨습니다."

"별다른 일은 없었나 보군."

주디는 순간 앞치마를 꽉 잡았다. 결코 아무 일이 없지는 않았다. 귀한 주사위가 재가 되어 사라졌으니까.

'하지만 그걸 말하면…….'

주디의 몸이 덜덜 떨렸다.

주디는 필사적으로 떨리는 몸을 진정시키며 포커페이스를 유지하려 노력했다. 하지만 알았다. 아마 로드는 자신이 무슨 표정을 짓는지 절대 모를 것이다. 고귀한 로드는 단 한 번도 내 얼굴을 본 적 없으니까. 로드의 목소리가 신전 안에 냉엄히 울려 퍼졌다.

"계속 감시해. 의심을 사지 말고, 그들의 신임을 얻어라."

"네, 로드."

주디는 아직도 혀끝에 맴도는 초콜릿과 딸기 우유 향을 느꼈다. 소년들은 바깥세상에서 가져온 뭔가를 먹을 때마다 꼭꼭 나눠주곤 했다. 그럴 필요 없다고 한사코 거절해도 웃으며 나누어 먹었다.

'상냥해. 착한 분들이셔.'

예로부터 이르길, 운명의 소년들은 사람들로부터 사랑받는다고 들었다. 뜬구름 잡는 전설이라고만 생각했는데, 만나 보니 알았다. 그들은 뭔가 달랐다.

"가봐라."

"네, 로드."

주디는 고개를 숙인 채 하얀 대리석 복도를 되돌아갔다. 마음이 무거웠다. 한없이 울어버리고 싶은 기분이 들었다.

'안 돼. 우리의 염원이 가까이 왔는데, 이렇게 나약해지면…….'

생각을 지우고자 고개를 세차게 저었지만, 무거운 마음은 도통 가벼워지지 않았다.

잠시 눈을 붙인 뒤, 외알 안경의 남자가 다시 휴식실을 찾아왔다. 드래곤 피크에 온 지 이틀 차. 수업은 또 시작되었다.

어제의 나무 의자에 빙 둘러앉자, 남자가 말을 시작했다.

"여러분은 각자 고유의 종족에 맞는 전투 방법을 익혀야 합니다."

"우리의 종족이 뭔데요?"

타호가 손을 들고 질문했다.

"인간은 각자 내재한 마법 유전자가 있죠. 격변 이후 그 유전자가 발휘되면 마법을 쓸 수 있게 됩니다. 물론, 마법이라고 부르기도 조악한 기예 수준이지만요."

솔은 눈을 가늘게 떴다. 이 사람은 일반적인 사람들이 마법을 쓰는 게 마음에 들지 않는 모양이었다.

"다만 약속의 소년들은 다릅니다. 단순 기예 수준에 머무르면 안 돼요. 용신을 돕기 위해 마법을 수련하고, 더 큰 뜻을 이뤄야 하죠. 쉽게 말하면 운명, 뭐 그런 겁니다."

남자의 말에 유진이 말했다.

"전에도 말했지만, 우린 당신들 놀이에 순순히 껴줄 생각 없어요. 우리 몸을 지키기 위해서 온 거지."

순간 정적이 찾아왔다. 혹시 모를 습격에 멤버들과 아이온을 지키고 싶은 마음. 다른 멤버들도 아직은 이 마음이 훨씬 강한 건지 일제히 고개를 끄덕였다. 그 모습을 보던 남자는 다시 말을 이었다.

"아무튼 하루빨리 내재한 종족의 힘을 개방하십시오. 그게 가장 최적의 싸움 방법이니까."

"내재한 종족이라니, 도통 무슨 말인지……."

복잡한 심경에 솔이 말끝을 흐리자 남자가 말했다.

"신체의 변화가 있지 않았습니까?"

있긴 있었다. 솔은 자기도 모르게 귀를 쓰다듬었다.

남자는 더 말하지 않고 허공에 손짓했다. 그러자 투명한 수정 구슬이 휙 생겨났다.

"이 구슬에 손을 대 보시죠."

솔은 제일 먼저 나와 수정 구슬에 손을 가져다 댔다. 그러자 뜻을 알 수 없는 고대 문자가 떠올랐다.

"호오. 엘프군요. 진귀한 일족입니다. 당신은 화살을 연마하는 게 좋습니다."

"이미 불로 화살을 만들어내서 쓰고 있어요."

남자는 솔을 훑어보며 턱을 쓸었다. 그러곤 홀로 중얼거렸다.

"흠, 엘프 궁사라. 잊혔던 고대의 일족과 이어진 자가 존재한다니. 신기하긴 하군."

다음으로는 유진이었다. 손을 대자 구슬에 사슴뿔 모양의 문양이 떠올랐다.

"웬디고족이군요. 타고나길 신체가 강인한 전사의 후예죠. 검술과 체술을 익히길 추천합니다."

평소 피지컬 하면 유진이었다. 역시 어느 정도 관계가 있는 듯했다.

“다음은 나 할게.”

비켄은 냉큼 나와서 수정 구슬에 손을 올렸다. 수정 구슬은 밝은 빛을 내뿜다가 초록빛 나무를 그렸다.

“오, 당신은 드라이어드족입니다. 힐러 종족이죠. 식물과도 친해서 치유술과 약초학을 배우는 데 힘쓰면 좋을 겁니다.”

“역시. 게임에서도 힐러만 하는데…….”

비켄의 실없는 소리에 타호가 얼른 앞으로 나섰다.

“다음에는 내가 할게.”

타호가 손을 대니 수정 구슬이 빛났다. 그러다 커다란 눈알 두 개가 떠올라, 신기하게 쳐다보던 멤버들이 흠칫 놀라 한 발자국 뒤로 피했다. 뭔가 했더니, 부엉이의 큰 눈인 듯했다.

“녹투아족이군요. 마법사의 본질에 가장 가까운, 지혜로운 종족입니다. 당신은 환상으로 상대방을 저지할 수 있는 상상계 마법을 익히면 좋겠습니다.”

마지막은 아비스였다. 아비스는 살랑살랑 다가와서 수정 구슬에 손을 댔다.

스타원은 구슬 표면에 떠오를 무늬를 기대했다. 하지만 구슬이 갑자기 눈부시게 빛났다.

제 22 화

설원

“어, 뭐지?”

도저히 눈을 뜨고 있을 수 없었다.

얼마나 그렇게 있었을까.

빛은 천천히 사그라졌다. 구슬에는 두 개의 날개가 떠 있었다.

“호오오.”

외알 안경을 쓴 남자는 턱을 쓰다듬으며 매우 감탄했다.

“환수를 소환할 때도 알았지만, 정말 진귀한 일족이었군.”

아비스는 고개를 갸웃거리며 물었다.

“저는 어떤 일족이에요?”

“오르니스족입니다. 새의 일족이죠. 아주 고대에만 존재했다고 들었습니다. 그래서 많은 정보는 없지만, 이미 당신의 능력은 스스로도 알고 있으니까요."

"소환 능력 말인가요?"

"네, 그렇습니다. 그럼 각자 일족에 맞춰서 훈련을 계속하겠습니다. 어?"

그때였다.

'지직'이라는 어울리지 않는 소리가 들리며 수정 구슬에 금이 가기 시작했다.

"어어?"

외알 안경의 남자는 지금까지의 침착함과 거리가 먼, 벌벌 떨리는 손을 수정 구슬에 향한 채 발을 동동 구르고 있었다.

그 애타는 마음이 무색하게, 이내 쩍- 하며 투명한 수정 구슬이 반으로 쫙 갈라졌다.

당황한 건 스타윈도 마찬가지였다.

"어? 저거 왜 저래?"

수정 구슬은 깔끔하게 갈라져서 바닥으로 떨어졌다. 다들 벙찐 채로 가만히 서 있었다. 왠지 아무것도 안 했는데 사고 친 듯한 기분이었다.

툭.

남자의 외알 안경도 바닥으로 떨어졌다. 그는 몸을 부르르 떨고 있었다. 깔끔하게 갈라진 단면을 보며 주먹을 꽉 쥐었다.

"이, 일족의 보물이……."

그러다 허탈한 듯 바닥에 무릎을 꿇은 채 단면을 억지로 붙여 보려 했다.

고양이를 닮은 쟁은 슬쩍 다가와서 남자가 떨어트린 외알 안경을 툭툭 쳤다. 빛나서 신기한 모양이었다.

"쟁아, 안 돼. 장난감 아니야."

솔은 바닥에 떨어진 외알 안경을 주워 들었다. 쟁은 조금 토라졌는지 유진에게 팔짝 뛰어올랐다. 유진은 익숙하게 받아서 쟁의 등을 쓰다듬었다.

"……."

남자는 급기야 바닥에 손을 짚고 고개를 떨구었다. 너무 심각해 보여서 다들 위로를 시도하지 못했다. 한참을 쓰러져 있던 남자는 천천히 몸을 일으키며 수정을 소중히 품에 안았다.

"후……. 이 수정 구슬은, 전 세계에서 하나밖에 없는 귀한 오브젝트입니다. 이게 왜 갑자기 깨졌는지 모르겠지만 가져가서 고칠 방법을 찾아봐야겠어요. 오늘 수업은 여기서 마칩시다."

솔이 말했다.

“네. 아, 저 묻고 싶은 게 하나 있는데요.”

남자가 허망한 눈으로 쳐다보자 솔이 시선을 받으며 물었다.

“성함이 어떻게 되세요? 뭐라고 불러 드려야 할지 모르겠어서요.”

“우리는 이름이 없습니다. 그냥 강사 정도로 부르세요.”

“네? 이름이 없다고요?”

“용신을 모시는 이들은 모두 이름이 없습니다. 단, 지위는 있습니다. 로드가 대표적이죠.”

그럼, 주디는 뭐지?

솔이 막 물어보려고 할 때, 남자가 먼저 대답했다.

“용의 일족에게 이름이 있다는 건 하급한 죄인이란 뜻입니다. 허드렛일만 하는 낮은 자들에게만 이름을 붙입니다. 그건 낙인이나 마찬가지입니다.”

아직 어린아이인 주디가 무슨 잘못을 해서 낙인이 찍힌 것일까. 멤버들 모두 걱정 어린 기색에 사로잡히자, 남자는 너무 많은 얘기를 한 걸 안 건지 말을 멈추었다.

“잊으십시오. 세상 것들에 속한 당신들이 알 필요 없는 일입니다.”

그러곤 조각난 수정 구슬을 들고 돌아서서 걸어갔다. 솔은 그 모습을 물끄러미 바라보았다.

"……이상해."

"이상해. 이름이 없다니."

솔이 읊조림과 동시에 타호가 딱 잘라 말했다.

"그 작은 아이가 지나치게 벌벌 떨던 것도 안쓰러웠는데, 낮은 자니 낙인이니 하는 것도 수상한 게 한두 가지가 아니야."

유진도 동의했다.

"정이 안 가. 일부러 정보를 숨기려는 느낌도 계속 들어."

비켄도 고개를 끄덕이고 말했다.

"그럼 우리가 드래곤 피크에 머무는 동안 자체적으로 정보를 파 보는 게 낫지 않을까?"

"그래. 또 뭔가 숨기는 듯한 느낌이 들면 우리도 가만히 있지 말고 알아보자."

유진의 말에 멤버들 모두 고개를 끄덕였다. 다들 말은 안 했지만, 왠지 모를 위화감을 느끼는 듯했다.

수련은 계속되었다. 수정 구슬이 알려준 내재된 종족의 특성에 따라 마법을 익히니 확실히 진도가 쭉쭉 나갔다. 주로 마법 수련은 광활한 경기장 공터에서 했고, 일과가 끝나면 솔이 주사위를 굴려 숙소로 데려다주었다.

하루하루가 정신없이 흘러, 어느덧 드래곤 피크에 온 지 이주째였다. 하지만 현실에서의 시간은 이틀 정도밖에 흐르지 않았다.

숙소로 와서 잠시 눈을 붙인 솔우 뻐근한 어깨를 돌리며 스트레칭했다. 화살을 많이 쏴서인지 근육통이 느껴졌다. 솔이 피곤해하는 기색을 느낀 것인지 비켄이 와서 어깨를 톡톡 두들겼다. 비켄의 손길이 닿자, 파스라도 붙인 듯 시원한 기운이 확 올라왔다.

"어때? 시원하지? 근육통에 특화시켜 봤어. 아, 약초로 이것저것 연고도 좀 만들어 봤는데, 바를래?"

"오, 그래. 고마워."

비켄이 건네준 나무함에 담긴 액체를 어깨에 바르자, 예의 화한 기운이 올라오며 뭉친 곳이 풀리는 듯했다.

"와, 효과 좋다."

"이 약초 찾는다고 성 주변에 숲을 다 뒤지고 다녔어. 나름 연구해서 만든 거야."

비켄은 어깨에 얹힌 조롱박 곰을 보여줬다.

"얘가 도와줬어. 후각이 되게 예민해서 약초의 위치를 잘 찾더라고."

참 사이 좋아 보였다. 하긴 소환수와 친해진 건 비켄뿐만이 아니었다.

솔은 슬쩍 아래를 바라보았다. 볼퍼팅어가 큰 귀를 문지르고 있었다.

'나도 많이 가까워졌지.'

토끼를 닮은 볼퍼팅어는 늘 깡충깡충 뛰며 솔을 따라 다녔다. 볼피팅어는 모습은 귀엽지만, 굉장히 호전적이라고 했다.

마음에 들지 않는 상대는 머리의 단단한 사슴뿔로 다 받아버린다고 했다. 귀여운 얼굴과 그렇지 못한 힘을 가지고 있었다. 솔이 화살로 과녁을 맞히고 있을 때 이 녀석은 타격용 허수아비에 뿔을 박고 있기도 했었다.

보기보다 굉장히 단단한지 허수아비 열댓 개가 바로 부서지기도 했다.

"솔 형이 화살 쏠 때 형 소환수가 공격하면 효율적이지 않아?"

"원래 궁사들은 후방에 있긴 하지."

솔은 이제 좋아진 어깨를 으쓱했다. 비켄은 옆에서 중얼거렸다.

"솔 형, 이제 화살 잘 쏘더라."

"아직 어려워. 움직이지 않는 건 이제 잘 맞추는데, 움직이는 게 좀 힘들더라."

비켄은 솔의 옆에 앉아 경기장에서의 다른 멤버들을 떠올렸다.

유진은 쟁과 함께 격렬한 근접전투를 연습했다. 유진의 마력을 나눠 받은 것인지, 쟁은 어느새 유진과 키가 비슷해져 나름 훌륭한 대전 상대가 되어 주고 있었다. 타호도 눈동자 색이 수시로 바뀌며 경기장 한켠을 때로는 바닷가로, 때로는 별빛이 찬란한 호수로 바꾸어 가며 환상을 보여주었다. 아비스의 곁에는 새뿐만 아니라 처음 보는 종의 소환수들도 옹기종기 둘러싸고 있었다.

얼마 되지 않은 시간이지만, 다들 이곳에 오기 전과는 격이 다르게 정교한 마법을 보이고 있었다. 계속된 훈련에 조금씩 지쳐 보이긴 했지만.

솔은 멤버들을 불러 모았다.

"자, 자! 우리 이제 수련하러 갈 시간이야."

다들 눈을 비비며 거실로 바로 나왔다. 스타원과 다섯 패밀리어는 여느 때처럼 카펫 중앙에 모여 섰다. 솔이 팔을 걷어붙이자 다들 익숙한 듯 팔을 붙잡았다.

솔은 주사위를 꺼내며 살짝 웃었다.

"이렇게 주사위 돌려서 이동하는 거 말이야. 처음엔 이상했는데 점점 익숙해지는 것 같아."

"살짝 걱정했는데 다행이야. 원래 주사위랑 별 차이 없는 거겠지?"

타호가 침침한 눈을 비비며 말했다.

"맞아. 여태 문제없었으니까 괜찮지 않을까?"

솔은 고개를 끄덕였다.

"던질게."

그러고 슬쩍 주사위를 던졌다가 받았다.

화악-.

환한 빛이 그들의 몸을 감싸 안았다.

훈련장에 도착할 줄로만 알았던 스타원의 눈앞에 펼쳐진 곳은 새하얀 눈밖에 보이지 않는 드넓은 설원이었다.

살을 에는 듯한 추위에 얇은 겉옷을 걸치고 있던 멤버들이 몸을 움츠렸다. 패밀리어들은 체온을 나누는 듯, 각자 안긴 품을 더 파고들었다.

"우리 잘못 온 거 같아. 주사위 다시 굴려 보자!"

타호의 말에 솔이 바로 주사위를 다시 꺼내 들었다. 다들 아까처럼 솔의 팔을 잡았다.

탁.

솔은 다시 주사위를 던졌다가 잡았다. 하지만 왜일까. 아무 일도 일어나지 않고 세찬 눈보라만 불어 왔다.

"뭐, 뭐야. 우리 조난당한 거야? 그때 주디가 중첩 지역에 잘못 가면 빠져나올 수 없다고 했잖아."

몇 번이고 솔의 팔을 붙잡은 채 주사위를 다시 굴려 봐도 다른 곳으로 이동할 수 없었다.

타호는 급박하게 묻다가 손목에 찬 스마트 워치를 터치해보았다.

"작동이 안 돼. 시간도 멈췄어. 드래곤 피크, 바깥세상 전부다."

"그럼 대체 여긴 어디야?"

솔의 물음에 대답해줄 사람은 없었다. 모두 한숨을 내쉴 때,

아비스가 말했다.

"타와키를 날려볼게. 높은 곳에서는 뭐가 보일지도 모르잖아. 나, 최근에 얘랑 시야 공유 가능해졌거든."

아비스가 말을 끝내고 타와키와 눈을 맞추고 고개를 끄덕이자, 타와키는 금세 높은 상공으로 날아올랐다. 아비스는 어딘가를 보는 듯 집중하기 시작했다.

"아비스, 뭐가 좀 보여?"

아비스는 고개를 저었다.

"계속 그냥 눈밖에 없어. 어라?"

아비스의 타와키가 공중에서 큰 원을 그렸다. 아비스는 눈을 손으로 감싸며 말했다.

"나무가 하나 보여. 그게 다야."

"다른 건 뭐 없어?"

"없어."

"……그래."

솔은 당혹스러움을 감춘 채 우선 자신이 할 수 있는 일을 했다. 점점 떨어지는 체온을 견딜 무언가가 필요했다. 솔은 두 손을 들어 불꽃을 피워내고, 불덩어리를 만들어 다섯 조각으로 나누었다. 그러자 타호가 투명한 막 같은 공을 만들었다.

"형, 여기 안에 불을 넣어봐."

타호의 말에 솔이 불덩어리를 두둥실 띄워 보내자 공은 마치 주머니처럼 덩어리들을 집어삼켰다. 타호는 그 공을 덥석 잡아 품에 안았다.

"오, 좋았어. 따듯해. 다들 하나씩 가져가."

다들 불 공을 하나씩 품에 안고 패밀리어들의 몸도 녹여 주었다. 이걸로 잠시 버틸 수 있게 되었다.

그새 아비스의 타와키가 돌아왔다. 새는 한차례 파닥거리며 눈을 털다가 아비스의 어깨에 앉았다.

시야가 돌아온 아비스가 비틀거렸다. 옆에 있던 유진이 그런 아비스의 어깨를 잡아줬다.

"동쪽으로 가면 커다란 나무가 하나 있어. 흐릿해서 잘 안 보였는지도 모르지만, 그 나무밖에 없어. 죄다 눈뿐이야."

그때 비켄이 말했다.

"나무를 향해 가자."

뜬금없는 말이었지만, 보이는 게 눈밖에 없는 곳에서 거대한 나무가 있다면 왠지 그곳을 향해 가야 할 것 같다는 막연한 믿음은 있었다.

다들 묵언의 눈빛으로 동의한 뒤 일어날 채비를 하던 때였다.

"근데 여기서 무척 멀어 보여. 추위를 뚫고 가기엔 쉽지 않을 거야."

아비스가 거리를 짐작하려는 듯 눈을 감고 잠시 생각하다 말했다.

"하지만 우리에게는 타와키가 있지."

아비스의 작은 새가 날갯짓을 했다.

"타와키로 뭐 하게?"

"우리를 태워줄 거야."

"저 팔뚝만 한 애를 타라고? 아비스……, 많이 추워?"

비켄이 믿기지 않는다는 듯한 표정으로 물었다.

그때, 타와키가 공중으로 날아올랐다.

제 23 화

하얀 사람

"어?"

솔은 자신이 본 걸 믿을 수 없었다. 작은 새가 갑자기 엄청나게 커졌다.

비켄이 몇 걸음 물러서며 외쳤다.

"아니, 새가 왜 갑자기 공룡처럼 커지는데!"

커다란 타와키가 내려앉았다. 날개가 커져서인지 바닥에 쌓인 눈이 엄청나게 흐트러졌다. 덕분에 아비스를 제외하고는 각자의 소환수를 꽉 안고 있어야 했다.

"와, 커지니까 날개 힘이 장난 아니다."

아비스는 손뼉을 한번 쳤다.

"자, 타세요."

"가, 감사합니다."

"고마워."

"땡큐. 그런데 그 작았던 애가 어떻게 이렇게 커지냐."

"원래 이런 아이인가 봐."

스타원은 타와키의 등에 차례로 탔다. 아비스는 제일 앞에서 타와키의 깃털을 쓸어내렸다.

타와키는 천천히 날갯짓했다. 스타원은 각자의 허리를 잡고 바짝 엎드려야 했다.

"어휴, 균형 잡기가 장난 아니네."

새는 공중으로 날아올랐다. 솔은 흐트러진 머리를 쓸어 올렸다. 바람을 가르고 올라간 곳에서 내려다보니 온통 하얀 세상만 보였다.

"와아……."

"형들, 속도 좀 높일게."

타와키는 더욱 거세게 날갯짓했다. 솔은 어깨를 잡은 볼퍼팅어에게 당부했다.

"꽉 잡아야 해!"

볼퍼팅어는 알았다는 듯 울음소리를 냈다.

–뀨!

호전적인 성격과 다르게 굉장히 귀여운 소리를 냈다.

타와키는 계속 날갯짓했다. 멀리 있는 나무가 점점 가까워졌다.

타호가 전방을 주시하며 말했다.

"저 나무, 큰 수준이 아니라 정말 거대한데?"

"그러게. 웬만한 빌딩보다 더 큰 것 같아."

유진도 눈이 휘둥그레진 채 나무를 보며 놀란 기색을 감추지 못했다.

타와키는 나무 주변에 다다르자, 상공을 부드럽게 한 바퀴 돌았다. 그 덕분에 나무의 주변을 둘러볼 수 있었다.

나무에 가까워질수록 멤버들은 저마다 한 마디씩 감탄성을 내뱉었지만, 유독 비켄만은 상념에 빠진 듯 조용했다. 넋이 나가 무언가를 떠올리는 듯 나무를 조용히 바라볼 뿐이었다.

"비켄?"

타호가 손을 뻗어 비켄의 옷자락을 잡아당겼다. 그제야 비켄은 겨우 정신을 차렸다.

"왜 이렇게 넋이 나가 있어?"

"음, 우리 분명 여기 처음 와보는 곳인데. 왜 이렇게 익숙하지?"

비켄은 계속 아래를 바라보았다. 어딜 봐도 하얗기만 한 세상이었다. 그런데 이상하게 익숙했다.

타와키는 부드럽게 하강하여 눈밭에 내려앉았다. 모두들 타와키의 등에서 내려와 뽀득거리는 눈밭을 밟았다. 그러자 타와키는 이전처럼 작은 모습으로 되돌아갔다.

아비스가 감사의 표시로 이마를 한번 쓰다듬자 빼옥거리며 괜찮다는 듯 대답했다.

모두들 커다란 나무를 바라보았다. 끝이 보이지 않을 정도로 높았다.

“아까 비켄이 익숙하다고 했는데, 나도 왠지 어디선가 봤던 것 같은 기분이야.”

타호가 눈을 깜빡거리며 말했다.

“이그드라실을 알아?”

“이 나무가 이그드라실이야? 오……. 어, 그런데 그걸 어떻게 알아?”

타호가 홀린 듯 반문하다가 그대로 멈추고 고개를 획 돌렸다. 타호의 말에 대답한 이는 스타원이 아니었다.

눈처럼 하얀 옷을 입은 남자가 방긋 웃었다.

“안녕.”

하얀 세상에 그보다 더 하얀 사람이 덩그러니 있었다.

세찬 바람이 부는 설원에 살아 움직이는 사람이 있다는 사실이 낯설었다. 스타원은 남자를 멀뚱히 바라보았다. 하지만 남자는 되레 그들이 이상하다는 듯 고개를 갸웃거리며 희미하게 웃었다.

"음, 너희는 인사 안 해?"

"아, 안녕하세요!"

"당신의 별, 스타원입니다!"

멤버들은 동시에 합창하고 아차 했다. 다짜고짜 아이돌 인사가 나와 버렸다.

휘이잉-.

순간 정적이 흘렀다. 솔은 어깨에 쌓인 눈을 털어내며 황급히 화제를 돌렸다.

"하, 한적한 곳이네요. 여기 사시나요?"

남자는 살며시 웃으며 대답했다.

"여기에는 나밖에 없긴 하지."

"그렇군요. 저희는 주사위가 잘못됐는지 여기로 오게 되었거든요. 혹시 돌아가는 방법 아시나요?"

"주사위? 그런 걸로 여길 왔다고?"

남자는 의외인지, 맑은 눈을 깜박였다. 솔은 주머니 속에 있는 주사위를 보여줬다. 남자는 민트색 빛을 내는 주사위에 손을 가져다댔다. 남자의 손에 반응하듯 주사위는 옅은 빛을 냈다.

"아하."

남자는 작게 웃었다.

"누군가 안배를 해뒀구나. ……아! 내가 계속해서 부르긴 했지. 아주 오래전부터."

남자는 고개를 들어 잠시 나무를 바라보더니 멤버들을 하나하나 둘러보았다. 특히 비켄을 뚫어지게 바라보더니 희미한 미소를 지었다.

"우선 들어가자. 여긴 너무 추우니."

남자는 들고 있던 나무 지팡이로 허공에 선을 하나 그었다. 단지 세로로 손짓을 한 번 했을 뿐인데 빛나는 선이 생겨나더니 양쪽으로 갈라졌다. 그 틈새 너머로 아늑해 보이는 연둣빛 풀들이 가득했다.

남자는 그 틈으로 들어가며 웃으면서 손짓했다. 유진이 제일 먼저 틈새 너머로 발을 들였다. 나머지 멤버들도 한둘씩 발을 옮겨 모두 들어가자, 틈이 닫히며 완전히 다른 공간이 되었다.

사방이 나무 벽으로 둘러싸인 넓은 공터인데 바닥은 풀로 가득했다.

언제 눈보라가 쳤냐는 듯 따스한 햇살이 내리쬐고 하얀 나비들이 팔랑거리며 날아다녔다.

솔은 바닥을 콩콩 차봤다. 연둣빛 풀들이 푹신했다.

남자는 희미하게 웃었다.

“여기가 어딘지 궁금하지? 오랜만이네, 누군가와 이렇게 대화하는 거.”

비켄이 바로 물었다.

“얼마나 오래됐는데요?”

“글쎄, 아마 백 년은 넘었을 거야. 그 이후론 세어보지 않았지만.”

백 년이라니. 남자의 외관은 스타원과 또래로 보일 정도로 젊어 보였다. 쉽사리 이해되지 않는 상황에 타호가 진지하게 물었다.

“당신은 누구인가요?”

남자는 입을 뻥긋거리며 뭐라 말했지만, 말소리가 들리지 않았다.

“아, 음…… 너희가 알면 안 되나 봐. 인과율로 막혀 있나 보네.”

"도통 무슨 말인지 모르겠어요."

솔이 혼란스러워하자 남자가 설명을 덧붙였다.

"원래는 다른 차원의 사람들은 서로 만나선 안 돼. 하지만 우리가 지금 만나게 된 건 나비의 날갯짓이 태풍이 된 것과 마찬가지야. 수만 가지의 경우의 수가 잘 맞물려서, 희박한 확률로 기적이 일어난 거지."

솔은 자신들을 이리로 이끈 주사위를 바라보았다.

"아, 그 주사위. 충고하는데, 함부로 남 앞에서 꺼내지 마. 엄청난 에너지를 안고 있어서 모두가 탐낼 거야."

"이 주사위의 정체를 아세요?"

"몰라. 하지만 기운은 읽을 수 있어. 염원과 안배가 느껴져. 그거 정말 귀한 거야. 누군가가 끊임없이 기원했다는 거니까."

"저주 같은 건 아니죠?"

남자는 희미하게 웃었다.

"그런 거라면 바로 버리라고 했겠지."

그때, 비켄이 쑥 끼어들어 물었다.

"형, 형도 마법사예요? 어떤 능력을 갖고 있어요?"

"형이라, 재미있는 친구네. 나? 나는. 글쎄."

남자는 손가락 하나를 까닥거렸다. 그러자 바닥에 있던 풀

속에서 꽃 한 송이가 피어올랐다.

"대지의 사랑을 받고 있지."

"와!"

비켄의 눈동자가 반짝반짝했다.

"저, 저도 식물들과 교감하기 위해 연구하고 있거든요. 그런데 좀처럼 진도가 안 나가요."

"그렇구나. 아. 저 아이가 따르는 거 보니, 너도 대지의 아이네."

남자는 비켄의 어깨에 앉아 있는 조롱박 곰에게 손을 내밀었다. 조롱박 곰은 조금 주춤하다가 남자의 손에 얼굴을 비볐다.

"아하. 귀엽네. 이렇게 귀여운 생물을 본 게 얼마 만인지……."

"얼마 만인데요?"

"글쎄. 그것도 백 년은 넘었겠지. 아니, 더 오래되었을 거야. 한 오백 년?"

뭔가 아득하기 그지없었다. 솔은 남자를 빤히 바라보았다. 좀처럼 믿을 수 없는 말을 했다.

하지만 왜일까. 거짓말 같지 않았다.

'맑은 눈동자 때문일까. 아니야.'

보면 볼수록 어딘가 익숙했다.

솔은 자기도 모르게 말했다.

"우리, 어디서 만난 적 있나요?"

"만났을 수도, 아닐 수도 있겠지. 여기가 아닌 다른 곳에서, 나와 같지만 다른 존재로서."

수수께끼 같은 남자는 계속 알 수 없는 말들만 늘어놓았다.

"답답하네요."

유진이 불평하듯 말했다.

"가끔은, 쉽게 얻으면 안 되는 진실이 있으니까."

남자는 따듯한 눈으로 그들을 바라보다가 반대로 물었다.

"이번에는 내가 물을게. 너희들은 누구니?"

비켄이 솔의 팔짱을 끼며 말했다.

"우리는 음, 노래하고 춤추는 사람이에요."

"아, 그렇구나."

"쉽게 이해하시네요."

남자는 부드럽게 웃었다.

"노래에는 마법이 흐르지. 음악은 태초의 마법이니까. 이곳에 올 정도면 너희들은 정말 뛰어난 가수인가 보구나."

"그, 그 정도는 아니에요."

비켄이 쑥스럽다는 듯 겸손하게 답했다. 남자는 고개를 끄덕이며 조롱박 곰을 쓰다듬었다. 비켄은 아예 조롱박 곰을 달랑 들어서 남자에게 안겨줬다.

남자는 조롱박 곰을 쓰다듬으며 밝게 웃었다. 솔은 그때 알았다.

이 남자는 비켄을 닮아 있었다. 말투도, 생김새도 완전히 같진 않지만 근본적인 분위기가 비슷했다. 솔이 무어라 말하려 입을 뗐을 때, 남자는 솔을 바라보며 천천히 고개를 저었다. 솔은 더없이 진중한 표정에 고개를 살짝 끄덕이고 말았다.

"와, 형. 그런데 이 지팡이 뭐예요?"

비켄이 남자의 나무 지팡이를 신기한 듯 바라보며 넉살 좋게 물었다.

"나의 오랜 친구야. 아주 유용한 아이지."

"되게 멋있네요."

"마음에 들어? 줄까? 나는 이제 필요 없어졌거든."

"네? 아니, 갑자기 이렇게 귀한 걸요?"

"물론 대가가 있어."

남자는 지팡이를 보며 말했다.

"내 부탁을 들어줘."

"아, 괜찮아요. 소중한 물건이잖아요."

"그래? 그런데 이제는 내가 주고 싶은데?"

"네?"

"이 지팡이는 이그드라실의 줄기로 만든 거야. 대지의 아이라면 잘 다룰 수 있을 거야. 물론 능력에 따라서 쓸 수 있는 범위가 다르겠지만 말이야."

남자는 싱긋 웃었다.

"너라면 잘 쓸 수 있을 거야."

갑작스러운 이야기에 비켄이 당황한 사이, 남자는 계속해서 말을 이었다.

"지팡이는 그냥 줄 테니, 내 부탁을 하나만 들어줄래?"

"저희가 할 수 있는 일인가요?"

비켄이 묻자 남자는 빙긋 웃으며 답했다.

"그럴 거야. 아주 오래전에 간절하게 별에 소원을 빌었어. 이 상황을 구원해 줄 누군가를 보내달라고. 그리고 아주 오랫동안 기다렸지. 나타날지 안 나타날지도 모를 구원자를 말이야. ……그런데, 너희가 나타났네?"

"네?"

"아까 인사했잖아. 너희가 내 별이라며."

〈별을 쫓는 소년들〉 2권 끝

별을 쫓는 소년들 2

WITH TOMORROW X TOGETHER

2023년 12월 20일 초판 1쇄 발행

기획/제작 | HYBE
공동기획 | WEBTOON

발 행 인 | 정동훈
편 집 인 | 여영아
편집국장 | 최유성
편 집 | 양정희 김지용 김혜정 김서연
디 자 인 | DESIGN PLUS

발 행 처 | (주)학산문화사
등 록 | 1995년 7월 1일
등록번호 | 제3-632호
주 소 | 서울특별시 동작구 상도로 282 학산빌딩
편 집 부 | 02-828-8988, 8836
마 케 팅 | 02-828-8986

ISBN 979-11-411-1998-0 03810
ISBN 979-11-411-1996-6 (세트)

값 9,800원